我的公寓

陳偉棻 著

謝謝喜歡我的文字的人。謝謝陳慧翎導演。

謝謝早在我動筆之前，便已經篤定地期盼這本書的人。

序

「我們有一輩子的時間做第一張專輯，卻只有一年做第二張。」

這句話我從課堂上聽來的，一直記在心裡，老師說是一個知名樂團說的，但我這些年來都沒能找到出處。

這句話的前半段，講的是理想；後半段，講的是專業。

任何有意與大眾交流的創作者，在遇見伯樂、得以出道之前的能量積累，感覺都像一輩子那麼長，不知道有沒有作品問世的一天，只能拿出從最初開始的所有，搏一個機會。

出道了之後，如果有點成績，不免籌畫下一步，不過第二個作品是不負眾望還是狗尾續貂，就很難說了。能不能有質量穩定的產出，決定了能不能吃這行飯。

我的第一本散文集《入境大廳》就算沒用上一輩子，也結結實實用了半輩子的時間，書出版之後一個月，我過四十歲生日。

偶爾有人問，什麼時候出第二本？我總是回答，沒有這樣的計畫。這不是客氣話。

能出版散文集、藉此與人交流、得到正面評價、偶有零星邀稿，已經是意料之外的美事，我非常滿足，完全可以停在這裡，也免了江郎才盡的風險。到了中年，發現自己居然有一樣新技能受人喜愛，甚至有市場價值，感覺非常神奇，好像自己比長久以為的更好一些。

我始終覺得如果做為「作者」的我有獨立的人格，那個人格肯定和日常的我很不一樣。寫散文對我來說，非常自然，以至於每當被問到興趣，我從未想到可以回答寫作。以這樣原生狀態留下來的作品，集結成冊，順利出版了，過程中承蒙許多素不相識的人鼎力協助，身邊盡是善意與溫暖。這一個人格，是沒見過壞人、在溫室中長大、不知天高地厚的。能躲在這個人格裡面，感受無限的包容與喜愛，非常幸福。

《入境大廳》出版大約半年後，出版社幫我在台灣辦了分享會。會後打電話給爸爸，說颱風天還是有人來捧場，講到有人從台南搭高鐵北上參加，爸爸在電話那頭哭了，覺得我們何德何能。

透過與讀者當面交流、社群網站的訊息、熟人轉述、公開分享，知道了自己的文字抵達了某些人心裡，建立起貴重的情分。每當有人說被我的文字安慰，我也覺得安慰；有人被同理，我便知道自己不孤單；有人對我說謝謝的時候，我其實都想激動地握著對方的手說，不，是我要謝謝你。

寫給自己看，和寫給別人看，最大的差異，在於有讀者的回饋。

大四那一年，即將去當實習老師之前，一位教授對我們說，你們將來會喜歡或痛恨教書，很大一部分取決於第一年帶的學生。他們反應不佳，你就覺得自己沒有天分；他們若乖巧上進，你就覺得自己適合吃這一行飯。

同樣的老師，碰上不同的學生，其自我理解與職涯發展，可以完全不同。

所以，如果能持續喜歡寫作、喜歡寫作的自己，也許是因為文字公開的時候，遇到了好讀者。我在出書前後都能以平靜的心情專注地寫自己想寫的，是因為《入境大廳》讀者的善意。讀者給我的，比我能付出的，還要多很多。

因著感謝的心情，考慮是否出版第二本書的時候，我盡量不以自己的角度出發。對我個人而言，多出一本書並不能證明更多事。因此，我對第二本書的期待並不是「更上一層樓」，而是回應那些貴重的心意。

有人鼓勵我，請繼續寫下去吧！有人說，我還可以再走遠一點。還有人豪氣地承諾，只要是妳寫的都支持！那麼，也許，多一本相似的書，也有意義，因為喜歡的東西，兩件比一件更好；喜歡的事情，多做一次也無妨。重複地做，求的不是改變，而是不變。就像重複看喜歡的電影，重複拜訪喜歡的城市，能預知下次將如何被感動，提前感受到幸福。

但願《我的公寓》與《入境大廳》相比，沒有更怎麼樣。但願《入境大廳》的讀者看到《我的公寓》會像看到老朋友一樣說，你一點都沒變。也希望這樣的沒變讓人充滿安全感，覺得曾經的心有靈犀不是捕風捉影。

懷抱著感謝《入境大廳》讀者的心情，我完成了《我的公寓》。如果寫作的路上盡是美好，同樣的風光百看不厭，我們就一起再走遠一點吧。

謝謝。

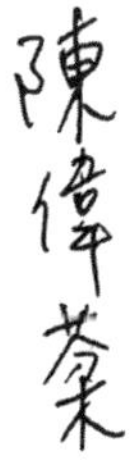

目次
Contents

輯二・沒有採光的房間

輯三・這座城市

輯四・書桌

輯五・我的榻榻米

輯一

儲藏室

Norm

2023——

Norm走了。

我們認識的時候，他已經老了，但是他會在中西部嚴寒的冬日裡，穿短褲騎腳踏車上班。在他主辦的研討會上，與每一位前來握手致意的人閒話家常，他記得每一個人的每一件事。身體勇健、頭腦清晰、無所畏懼。

他有時候不按牌理出牌，也不惜與主流對抗，但是我們都知道他的心地善良，用獨一無二的方式為了理想奮鬥。我們也都知道他多喜歡甜食，面對這樣世界級的教授，即使素昧平生，只要帶上布朗尼去敲他的門，你永遠可以得到十五分鐘的談話。

做為一個偶像級的存在，就算不是人人都喜歡他，沒有人會忽略他。他的名字本身就像是校園的一棟建築物，好幾百年過去了，舊歸舊，離傾頹還差得遠。我一直都覺得我有一天會回母校看看，在我的想像中，我一定也會帶上蛋糕去找 Norm，我會跟他說謝謝你喜歡我，我也喜歡你。

他有著謙遜慈悲的靈魂，有時候卻會用荒唐的方式達成目的。他的心胸廣闊，你幾乎不可能冒犯他。你可以跟他針鋒相對而毫無顧忌，因為死命鑿一座山的根基，也不用擔心把它剷平。面對他這樣的高山，我並沒有感受到難以企及的虛無。想到他，我總是充滿安全感，覺得安穩，彷彿沒有什麼事情過不去。

得知消息的時候我第一時間聯繫了指導教授，她是我最信賴的人，也是我在學術圈的家人，我只說，我很傷心，我有好多回憶，我不想一個人哀悼。

唯一不那麼遺憾的是，我並沒有在這樣失落的時刻才深刻地想起 Norm。我一直以來都把他放在心上。十多年前剛剛開始念博士班的時候，我便寫了一篇以他為名的文章。回頭看這篇文章，我寫到以後不曉得能否謀得一席教職，也不可能成為作家。現在我在大學教書，也出了書，如果我走得比想像中更遠，便證明了幫過我的人對我影響多麼大，而 Norm 是其中之一。

和我當時其他所有文章一樣，讀者只有寥寥數人，但是這一篇文章在我心中很有分量。我不知道為什麼第一次出書的時候我沒有選錄這篇文章，也許我覺得，那只是我和 Norm 的事，別人不會在乎。

一個人走的時候，能讓人稍感安慰的通常是他多麼地被紀念、多麼地被感謝、活得多麼快意、精神又如何永存、如何讓世界更好。這些 Norm 都有，我毫不懷疑。但是這一點也不能安慰我，因為他在世的時候，這些事情就已經發生。我總是想到他、總是感謝他、總是羨慕他，也深知他的影響力帶領我們想得更純粹、更虔誠、更貼近本質。既然這些全部的善良與美好，我們一直都知道，失去他的時候，除了空洞，再也沒有別的了。

2012——

Norm是社會學家，已經退休了，但對這種偶像級人物來說，退不退休也沒什麼差別。他頭髮全白，大塊頭但不臃腫，七十多歲了，長久以來每天至少寫作四小時，身體勇健，不論天氣如何都穿短褲與短袖襯衫，一進教室就把鞋子脫了，光腳講課。平時背一個JanSport綠色背包，北一女那種綠，單肩掛著，從背影看起來，背包在他碩大的背上顯得好小。

他的字跡以潦草著稱，發回來的報告評語看不懂，還好有兩個研究助理與我們一起修課，下了課，我們排隊請兩位助理認字。有一次，老師看到我們排隊，假裝生氣說，「幹什麼！我人就在這你們為什麼不問我？」我們咯咯亂笑成一團。他在黑板上的字跡也沒人看得懂，而且即使他已經說明是什麼字，我們還是沒辦法辨認。他說這個字是culture，我們還狐疑，真的嗎？那怎麼可能是culture？後來我們推派同學每堂課幫他寫板書，他唸什麼同學就寫在黑板上，寫完了以後，老師望向黑板說，「哼，你寫的我只看得懂一兩個字啊，有比我的好嗎？阿哈哈哈。」

有件關於 Norm 的事一定要曉得，不然可能不算認識他，就是，他非常、非常、非常喜歡甜食，特別是巧克力。上課的傳統是同學要輪流帶食物，種類不限，但是大家不約而同都帶甜食。他一進教室，背包甩在地上，涼鞋踢掉，馬上檢查今天的食物。「巧克力布朗尼，很好。你做的？」「我媽媽烤的。」「很好，媽媽烤的最好。阿哈哈哈，謝謝這位同學，大家拍手！」掌聲未歇，他馬上拿一塊塞進嘴裡，吃到喜歡的甜點，笑得很開心。把布朗尼吞下肚，他很滿意，「那，我們開始上課吧！」

比起我認識的其他老師，他講課的時間算長，博士班的課有些老師走進來就說「開始討論！」老師偶爾才穿插一兩句話。他講課很嚴肅，有時候講著太抽象的內容，眼神有點迷濛，不知道是喃喃地說著自己推理論證的過程，還是已經開始講課。他說的句子都很長，斷成好幾截，每個字都不簡單，有時候他停頓，我們舉手發問，他說：「等等，我還沒講完啦……算了，被打斷了忘記要講什麼了……要問什麼就問吧！」

老實說，很多人搞不清楚 Norm 在做什麼，像他這樣的大師，常常是毀譽參半的。我們在課堂上，聽不懂的時候居多，可是很奇怪的，依舊如沐春風，好像只要上他的課，就算聽不懂也會變聰明一樣。常常在他講完一套精妙複雜的理論後，我們舉手提出像幼稚園程度的問題，他頓一頓，好像要從天堂回到地面，嘆一口氣，才好回答我們的問題。

但是，他對學生的評語，是從 amazing 起跳的，也就是說，他不給負面評價。不論我們做什麼、寫什麼、表演什麼，最少都是 amazing。以我個人來說，還得過 stunning、powerful、terrific、excellent、intelligent、incredible……不一而足。對於學習動機強的博士生來說，讚美能讓我們更努力，更有信心，讓我們在這種大師面前，自慚形穢的機率降到最低。

這堂課的作業，很籠統地說，是要改編自己的故事成為一個劇本，這個劇本要有批判意識，顯示出歷史、文化、意識形態的問題，以表演的方式批評鉅觀的、不正義的脈絡。這個劇本不是一夜之間產出。我們先寫，然後老師改，給意見，我們再修改，再交，往返數次。老師記得每一位同學寫什麼故事，沒有失誤，感覺得出是仔仔細細品味過的。

我問，如果這故事是基於個人的經驗，你要如何評分呢？你要怎麼評斷，這個記憶比那個記憶有價值，這個經驗又比那個經驗動人？還有詩意與美學的表現，要怎麼評斷呢？老師試著回答，又反問我一些問題，討論了一陣，最後他說，「不過，從妳寫的東西，我覺得妳寫得很棒！我的評斷就是妳寫得很好。阿哈哈哈。」

下了課，同學都離開了，我收拾著桌上的甜甜圈和果汁。今天是我提供食物，還剩不少，我拉著幾位比較晚離開的同學，向他們推銷我的食物，請他們多帶些走。我看到老師背起小綠包，走到門口，突然又折回來，以為老師忘了東西，結果他直直走到我旁邊，很正經的說，「我真的覺得妳寫得很好，真的。我喜歡妳寫的東西。」我腦中閃過各種調皮的、感動的、謙虛的、幽默的回應方式，但最後只擠出 Thank you 一句話。自己聽了都覺得薄弱，卻也只能把 Thank you 再說一遍。老師用一種「沒關係，我理解」的樣子看了我一眼，笑一笑，走出了教室。

我喜歡的作家王文華也寫過類似的經驗。一位他在念MBA時期的老師特地寫字條鼓勵他，說他「幹得好！」，沒想到，今天我同樣被激勵了。雖然 Norm 始終慷慨地鼓勵人，但這無損於他的評價的重量。我不是作家，大概沒什麼機會把這一刻寫進書裡，可是，如果有一天我可以在大學裡教書，我也會這樣對待我的學生，不吝惜讚美他們，即使他們只有幼稚園的程度。

課堂上，可以和友善的同學互動，可以假裝若有所思地想著抽象的問題，可以聽大師講課，可以嚼巧克力，還可以得到了不起的讚美，我無法要求更多了。我可能不會有功成名就的一天，明年的獎學金也還沒有著落，能在這裡待多久、能不能拿到學位，我沒有把握。可是，不論如何我想記住這一刻，不論以後發生什麼事，或好或壞，那一個下午，Norman Denzin 對我說，他真的、真的很喜歡我寫的東西。這樣就夠了。

貝姬老師

我最近非常喜歡貝姬老師。

貝姬老師是社會學系助理教授。社會學系開的課，第一堂通常很多人聽，因為社會學和任何領域都很容易扯上關係，而且授課主題聽起來往往很有趣。拿了課程大綱回家之後，第二堂課常常只剩下主修社會學、看起來高深莫測的同學。課程大綱上的指定閱讀總是很多，除了期末報告以外，一周一本書是基本，或一周六七篇papers，一篇四十頁，差不多也是一本書的分量。這種閱讀量能讓很多不是非選這堂課不可的人打退堂鼓，而且從課程大綱中會發現，不論一個主題看似多麼輕鬆有趣，背後都可以有不相稱的、枯燥艱深的論述，逼得人承認自己對這主題太樂觀太膚淺。

貝姬老師的課，從第一天開始，除了我以外，全部都是社會學博士班的學生，沒有外系因為好奇想來聽聽看的人，意味著這門課光是名稱就很嚴肅。關於社會學，我曾經似懂非懂地聽了幾堂課，和同學比起來，我可能還不如他們學生的程度。在這樣的環境裡，我很不安，可是貝姬老師一走進來，我就有一種感覺，她會照顧每一個學生。她感覺就是重視平等、會關心弱者的那種人。她很幽默，很爽朗，但是上課沒有一句廢話。即使我們上課發言不理想，她也能三兩句就把我們講的垃圾轉成可用的資源，任何亂七八糟的發言都能指向一個有意義、值得討論的核心，雖然那個核心要靠貝姬老師來定位。

貝姬老師大約年近四十，白人女性，打扮中性，只要跟她講一分鐘的話就知道她絕頂聰明。她不用手提包，把書拿在手上就進教室，不戴錶，在桌上放一個像懷錶一樣的小時鐘。她的眼神總是清朗而銳利，我覺得她那樸實的中性打扮幾乎就是為了掩蓋過於聰慧的光芒。上衣紮進褲頭，微胖的肚子明顯，說起話來很有力道，笑起來完全不遮掩，或坐或站，都很有架勢。貝姬老師有一種魅力，讓人忘記這個性別、年紀或職業的人應該怎麼表現，貝姬老師是獨一無二的，比那些標籤重要得多。

雖然有一點霸氣，從她講話的條理也不難發現溫柔的關懷。要把同學的膚淺發言轉換成有理論高度的討論，需要用心傾聽，需要體諒大家怯懦緊張的心情。不管同學說什麼，她都對我們微笑，很真誠地感謝我們想對這堂課有貢獻的心意。她也不吝惜讚美我們。

第一堂課不算正式授課，主要是交代作業、閱讀書目。等到第二堂課，老師站到講台上，第一句話就問，「根據 Weber 的看法，power 和 domination 有什麼不同？」全班靜悄悄，沒有人回答。我舉起手，說了我的答案，聽到自己的聲音在發抖。我說完了，她看了我三秒，然後很大聲的說，You got it！我鬆了一口氣。從那一刻起，我覺得，這堂課，也許我應付得來。

貝姬老師擅長用簡單的例子幫助我們了解複雜的論證。有一次講公權力與不平等的關係，她用性別政策做例子。她並不是直接問「什麼政策可以促進兩性平等」，而是要我們思考社會上性別不平等的現象，接著問我們是什麼機制造成這樣的狀況，然後「假設現在我們都很愛這種不平等，你是政治菁英，你要用什麼方式保護這些不平等的機制，讓我們的社會可以繼續不平等下去呢？」我們紛紛舉手，覺得很有意思，突然有了靈感。

在這個校園裡，多數人都是又聰明又謙虛，仔細想想，這是非常不容易的事。聰明的人想必在大部分情況裡，身邊都是懂得比較少的人，在課堂上，學生要真的讓老師印象深刻也不容易。而像貝姬老師這樣絕頂聰明的學者，是如何無時無刻都親近人、關心人、從來不說一句重話、讓人如沐春風呢？

我每次看到貝姬老師，就告訴自己要打起精神來，因為我只要發言，她馬上能判斷我把書讀得多熟，這是壓力，但是只要我付出，就能被看見。因此，做貝姬老師指派的功課，熬夜也不會做白工。

上課第三周要選定期末報告的主題，我不確定自己的選題是否恰當，就在一次 office hours 去請教。她得知我的來意，馬上提供許多書單給我參考，都是聽起來非常有用但我先前從未聽聞的書。我問自己的選題是否符合標準？她說「很完美喔」。我收拾東西準備離開，她搓著手有點表演性質地笑著說，「我非常期待這個報告最後的樣子。」

走出辦公室我的腳步非常輕快。老師每周都有引導式的作業，等我確定選題，接著要寫文獻，要寫研究方法，寫收數據的方式，學期末慢慢修成一篇論文。我想到貝姬老師會帶著我一步步前進，想到幾個月後可能可以寫出超越自己水準的論文，雖然外面是零下十二度的低溫，心裡還是開出一朵溫暖的花。貝姬老師其實沒有特別關照我，可是那些嘉許的眼神、上課時的傾聽與回饋、言語中的溫暖與同理，給人踏實、充滿希望的感覺。

上課了。貝姬老師走進教室說，「來，我們圍成一個圈圈，今天講的主題是 power，我們圍成一圈好假裝這空間裡沒有 power 存在！哈哈哈。」大家搬動桌椅，跟地板摩擦發出吱吱嘎嘎的噪音，是漫長三小時課程的起點。馬上，老師拋出第一個問題。

我趕快舉起手，期待貝姬老師點到我，期待這堂課，也期待進化之後的自己。

修瀏海

兩個月又過去了，我到髮廊修瀏海。

這間店是我這學期新發現的，修瀏海只要五美元，和台灣的技術不能比，剪完難免有些土氣，但我只求個眼前清爽俐落。試過自己動手，善後麻煩，就心甘情願地按時報到。

老闆娘喜歡有一搭沒一搭地和我聊天，有時候講老公孩子，有時候聊明星電影，有時候說她公婆要來拜訪，還跟我說她認人認聲音的功力是因為一直都做服務業訓練出來的，做美髮之前在餐廳當過服務生和酒保。她知道我在這邊念書，但好像搞不懂為什麼我一下子有指導教授一下子又換成我扮演老師的角色去教書，也搞不懂為什麼教書就不用繳學費。這樣的談話有一種熟悉感，好像家人之間說著瑣事，對於彼此的日常工作一知半解，也沒問得太仔細，知道彼此好好地活著，偶爾打個照面，一次次把瀏海修得土氣，也就培養出交情了。每次剪完，老闆娘都問，看起來怎麼樣啊？我總是說很好。給家人的回應，通常就是這樣。

今天老闆娘說，你之後有個客人要來，是一位短髮女士，她想剪頭髮又沒時間過來，偏偏一旦人想剪頭髮，總是氣急敗壞馬上就要剪，總之她自己拿了電動推剪，對著鏡子，即使看不到自己的頸子，還是動起手來，結果就和喜劇電影裡演得一樣，弄出一條跑道，只好打電話給老闆娘說今天無論如何要出手相救。我聽了覺得劇情老套，可是仔細一想又莫名好笑。老闆娘說她今天很忙，但也好奇，想看看她把自己弄成什麼樣。

我說，那個客人的心情我明白，平時一頭亂髮都無所謂，有一天突然想換造型時，那真是一刻不能等，總覺得只要一換造型，人生就要大放光明了。我回想這幾次過來剪髮，都是心浮氣躁時分。我對老闆娘說，我真的覺得今天剪完，我回去工作會順利一點。

閒聊之間，我注意到，老闆娘今天修瀏海修得特別久，比平常仔細，又吹風又夾直，又撥鬆又打薄。是不是因為理解到，這一刀一刀修剪的是客人的煩惱，而慢慢成型的，其實是客人對生活一點微小的期待呢？看她那麼認真，我不由得感動起來。

也許是零下六度的低溫裡，陽光仍舊沒有節制地大方放送，也許是清爽的瀏海，也許是老闆娘努力的姿態，也許是想到即將到來的假期，離開髮廊時，我果真覺得煥然一新。剛踏出店門口，男友傳來簡訊。不過回覆幾個字，手指就快凍僵了，但是心情歡快、充滿期盼。這樣冷冽的下午，這樣普通的一天，我覺得心中一塊角落慢慢舒展，踏著漸漸被日光融化的碎冰，我小心翼翼地，慢慢走回家。

大悲咒

王文華說過，「要削皮」這三個字是他的大悲咒，能讓他靜下心來。原因是當年留學時，媽媽來探望，臨走做了一鍋牛肉湯給他吃一個禮拜，然後把食譜一條條記在紙上，在胡蘿蔔一項加註了「要削皮！」三個字。他看到之後感慨，自己功課好，GMAT考得比誰都高，可是在媽媽心中，最擔心的是，這小子會不會不知道胡蘿蔔要削皮啊？

我完全理解，有時候這種家常的、瑣碎的力量，反而能讓人穩定心情。平常我們不會一直記著，畢竟這不是那種座右銘式、高深莫測的箴言，但是它貼近自己的本質，提醒了自己從哪裡來，而那個地方，有這樣厚實、不掩飾、參雜了擔憂的關愛。《天外奇蹟》這部動畫裡，主角小男孩的父親始終沒有出現，他說他記得以前和爸爸坐在路邊吃冰淇淋數車子的事，這是很小的事，但「就是這種小事讓我記得最久」。

我也有這種時刻。很小的時候，爸爸帶我到家裡附近一個不知名的小公園玩。公園裡有一個坡，我們爬上去時，發現一條黑色電纜從高處掉了下來，橫在大約是我胸口的位置。爸爸說，你要很小心地鑽過去，這有電的！我非常小心，彎得很低很低，比安全的高度還要低很多，鑽過去往前走了幾步才敢站直。回頭看爸爸，希望換他過來的時候小心一點，因為當時，他還比我高很多。

爸爸看我一臉愁容，突然很嚴肅地伸出手，抓住那條黑色電纜，舉高過頭，輕鬆地走了過來，然後笑得彎下了腰說，「笨蛋啊！這是電話線啊。」

我長這麼大沒見過幾次爸爸大笑的樣子，那次他笑彎了腰，我不知道為什麼也傻楞楞地跟著笑起來，然後我們走向停車場，那時候天快暗了，我現在閉起眼睛，好像都能看到那天的晚霞。

很多年以後，我準備出國念書，在打包要運到美國的箱子裡放了一塊小小的砧板，日系家居用品店賣的那種輕省型的。媽媽看了說，這種不好用啦，給你帶大塊的！我說免了免了，輕便比較重要，去了先頂著用，等一切都安頓好，再買一塊好一點的砧板。媽媽聽了說，「如果你用這砧板會滑，會切到手，記得在下面墊一條抹布，墊一條抹布就不會滑了，知不知道？」

離媽媽那句話過了兩年多，我正在準備博士資格考，三不五時覺得幾乎要崩潰，有時候話講到一半眼淚就流下來。並沒有不滿意或不甘心的情緒，也看得到盡頭，只是被淹沒的那個瞬間，哭泣好像能抵抗一些什麼。男友在這樣的時候並沒有缺席，他靜靜地讓我哭，拍我的背，問我要不要吃點東西。他可以這樣坐很久，拍很久，彷彿和悲傷單挑比誰氣長。

那一天我又哭了，他說，隨便念念，找重點寫出來就好了。

在這種時候聽到可以隨便，奇異地被療癒了。知道有隨便這個選項，好像讓認真變成一種主動的選擇，沒有人逼著我非怎麼樣不可，起碼還可以打混地過日子。

體會到自己不足的時候，一口氣可以任性地抒發，那一關好像也容易過了。

爸爸的笑容和天空的晚霞，媽媽那一句「墊抹布啊！」，還有「隨便念念」，這些不起眼的片段，我記得很久很久，讓我在大多數手忙腳亂的情況裡，不至於忘了自己是誰。

這些片段，就是我的大悲咒了。

指導教授

2015——

我和指導教授之間的互動很微妙。

我們沒有實驗室，沒有打卡露面的必要，除了 meeting 之外不會見面，但是我幾乎每隔一日就會收到老師的信。她看到什麼文章或報導就順手寄過來，有時候則是問我進度，或是把做相關研究的人介紹給我。我交作業，老師也是用電子檔寄還，有時候她印出來了，便寫信要我去某處取回。還有時候她連著幾個小時都寄信到我信箱，最後一封信她寫說，好了，今天暫且打住。

我知道她常常想到我，可是我們心照不宣的默契，就是不要把事情弄得太溫馨。前陣子讀一篇討論學術圈精神疾病的文章：學術圈對這樣的疾病很寬容，但問題也恰巧是，我們太寬容了，以至於覺得工作到精神狀態不正常，是很正常的事情。如果沒有崩潰、痛苦、自我懷疑、憤世嫉俗，或是疑神疑鬼，大概是不夠努力。指導教授非常支持我，但是我們很少掏心掏肺地訴說關心，我和她不曾共進午餐，幾次在她家 meeting，我也只要了一杯白開水。

不過相處四年下來，我讀懂了她在實事求是的框架裡表達的關心。比方說，感恩節那整個禮拜，她一封信都沒寄給我。連假第一天我交了一份作業，照理說她會馬上看完然後給我意見要我修改，可是沒有，直到感恩節過完，那份作業才寄還給我。老師當然也過節，但她不是那種會因為假期耽誤工作的人，而是旅行時會把搭巴士去機場的三小時和轉機時間都排好工作進度的人。她不會說，妳辛苦了去放個假吧，但是一連幾天沒有寄信給我，意思就到了。

前幾天她連續寄了好幾封信，讓我修正文章時參考，太多資料我一時難以消化，有些沮喪，便罕見地沒有馬上回 E-mail。今天 meeting，老師突然說，我也沒有覺得妳做得不好。這句話和上下文不連貫，但我知道僅僅是少回了一封 E-mail，老師就明白我心裡的負擔。工作不能停下來，但是她多說這一句話，便足夠把我從沮喪中拉回一點。

我只有一次見過老師生氣，不是針對我。

當時我教書，向系上申請辦公室，有了辦公室，裡面卻空無一物，期中考都過了，我還沒有一張桌子可以和學生談話，所以我常常另覓地點，久而久之，那間辦公室有和沒有一樣。有一天對老師提及此事，當時已經接近學期末，老師聽了臉色一沉，很生氣地說，這是不公平的。她在走廊四處張望，看到一張桌子，問了幾個人，都說不知道那桌子為什麼在那邊，她聽了立刻把桌子搬起來，對我說，我們把這弄到妳辦公室去。我愣了一下，只能趕快跟著一起搬。桌子就定位後，老師拍掉手上的灰塵，說，這一刻妳會記得吧，以後妳當老師，想起以前剛開始教書時要張桌子也沒有，老師還和妳一起搬桌子的這種事，妳會記得的吧。

老師從來沒有把我寫的東西揉成一團說這是什麼玩意兒，或對我大吼大叫，但是我也不記得她曾經稱讚我寫的東西出眾。我們的工作就像小火慢燉的一鍋湯，看來風平浪靜，其實一刻也不能放鬆。在嚴酷的現實裡，老師不著痕跡的關心，是在以好幾個月為單位的工作周期中，支持我的力量。寫論文難，引領一個人寫論文豈不更難？回想起來，日復一日的生活，即使沒有值得歡欣鼓舞的事，我也從未喪失方向與價值感，能與老師目標一致、穩定向前，這是多麼不容易的一件事。老師的溫柔與照顧，我都明白了。

2016——

四月初完成學位考試之後，我和老師沒有正式 meeting 了。我們還是常常見面，E-mail、臉書轉發文章，可是那和以前討論研究的 meeting 不一樣。學位拿到了，但是我沒有覺得自己忽然聰明了，我每天都遇到很多問題，卻已經沒有「下一次 meeting」

可以請教老師。

口試前一天晚上，我練習到很晚，口試預計兩小時，老師希望我的報告時間不要超過二十分鐘，多留點時間接受提問。我刪減投影片後，無論怎麼調整還是需要二十五分鐘，於是寫信給老師。一如往常，即使深夜她也會回信。老師說，二十五就二十五，另外，今天早點睡，明天要吃早餐，否則腦筋動不了。

口試之後，我有兩周時間修改論文。老師叫我先去放鬆幾天，下周花一天改就好，我改完了，寄給老師，我們指導老師與指導學生的關係，在此暫時告一段落。

老師帶我這麼久，同樣的稿件一而再、再而三地給我意見，想必很累人。再說，老師還有很多學生要照顧，這大半年來，她肯定已經在我身上投注最多心血，我不好意思再占用太多時間。於是，論文改完後，我幾乎完全獨立做研究，雖然做的事和過去幾年並無二致，但是少了老師領路，感覺非常不踏實。

畢業典禮當天，或許因為男友在場，老師說了很多平時少有的讚美。她說我是模範學生，說我很好帶，不用整天盯著操心。我來美國久了之後，聽到讚美，不會搖手推辭，能大方地說謝謝。但是有時候別人一連說很多好話，我的回應就變得很單調，只能謝謝再謝謝。可能因為我反應單調，老師說，總之以後妳就會懂，等妳開始指導學生，妳就會懂我說的。老實說我很難想像自己去指導誰，雖然在我的理想職業中，這是必然會發生的一部分。

關於指導人這件事，沒有人可以做得比我的老師更好。她給了具體的榜樣，但是即使近身觀摩，我都沒有自信能做得一樣好。我神經敏感，被說一句重話可以記很久。過去四年中，老師不斷帶領我進步，可是沒有一次，我感到自己的努力被抹殺、被誤解、被小看。老師不說重話、不強調負面情緒，只會清楚告訴我該怎麼做，我跟著她的步調，就能期待成果。

每次完成什麼事，老師總說要吃飯慶祝。她忙起來忘了，我也不會提，一晃眼四年過去，我們從來沒有一次不談公事的 meeting，也沒有只為了慶祝就跑去喝一杯的閒情。不過，即使不談私事，我依然感受得到老師對我的關心。她的言行讓我學會，不用分享隱私，也能建立人際間的親密與信任。

畢業典禮後一陣子，老師發了郵件給我，說「我們去吃午餐慶祝，我請客，妳選餐廳」。我們吃了一家文化融合的餐廳，直白地說就是美國的壽司店。我喝了一碗味噌湯，吃了一卷炸蝦壽司，還跟老師分了蔬菜餃子。老師拿出一份禮物和一張卡片，說，禮物只是小東西，送太大的東西怕行李放不下，卡片回去再讀就可以，看不懂我寫的字再問我！

飯後，我走到公車站，等車時便把卡片拆開來讀。老師寫了不少，印象最深的有兩句。她說她非常有信心我會有成功的事業，而且，會有幸福的人生。另外，她還說，我永遠是妳的指導教授，在任何妳需要我的時候。

離開美國之前，我去了老師家一趟，老師開車載我回家，要下車時，我想，可能是近期最後一次見面了，但是我還沒準備好。老師好像看透了我的心情，說，我不想在車裡說再見，我們再約一次 meeting 討論研究吧。

這幾天我又開始蒐集數據，重新回顧文獻。能夠篤定地工作，讓這個奔向未來的夏天，不再令人侷促不安。能回到軌道上、又有下一次 meeting 可以倚賴，這種感覺真好啊，我對自己說。

一點點

去年因為研究需要，認識了一位同校的大學生。

她是中國人，獨自來美國上大學，一開始念理工科，因為家學淵源，沒想太多就選了。我問，你父母親是理工科教授？她說，是我爺爺奶奶，他們是×大×系的教授。我父母也做類似的工作。

她說的這個專業，在我看來是尖端科學，而她爺爺奶奶的研究成果，大概能直接影響國家對這種科技的發展決策。幾十年前，她的爺爺奶奶就已經是這個學科的權威，如果她順著這條路走，說家學淵源是客氣話了，別人根本望塵莫及。

來美國之後，她偶然接觸廣告系的基礎課程，覺得有趣，便想轉系過來。她給父母親打越洋電話，說要念廣告。父母親說，廣告很難啊，我們家沒有讀這種的，我們幫不了妳啊，廣告是讀什麼啊？

那種似曾相識讓我有點激動。當年我選讀文組，也是考量了「家學淵源」的理所當然。都已經過了二十年，從世界的這一邊到另一邊，居然還是有類似的故事。

「妳之前念的專業才難吧？」我說。

「不！那專業只要數學好就行。廣告真的很恐怖，還有心理學的內容，還有文化因素要考慮，還有語言要很好，很難的。我做團體作業都跟不上，但是很有趣。」

「恐怖」這個形容詞是原音重現。我從來沒想過念廣告會是一件恐怖的事情。想到一個科學權威家庭覺得廣告很可怕，簡直幽默。

「後來呢？」

「後來我就轉系啦，廣告對語言的能力要求很高，進步也很快。」

對陌生領域的害怕是一樣的，家人的態度也差不多，但是這個女生比當年的我勇敢。她的選擇不是出於算計，不是看哪裡能賺錢或是能有個比較高的起點，她來念書就是要把不會的變成會的，把未知變成已知。她也許晚別人一兩年畢業，但最後，我相信她會成為數學好的那批人裡面，對心理學、文化和語言也特別有研究的那一個。

因為這個女生，我發現可能沒有所謂特別難的學科。我為了輕鬆而選的路，是別人即使困難也要前進的目標，很難說誰會走得比較遠。看著曾經擋下我的門，擋不住另外一個人，居然是一種充滿希望的感覺。

今年，我在餐會上與一位諾貝爾物理學獎得主聊天，我和他的研究或生活顯然沒有任何交集。他問我的研究領域，聽我回答，便說，你這個研究好像和行為經濟學有點關係？我說是的。他說，那你知道 Richard Thaler 的主要論述嗎？我說，我不知道。他補充，就是剛剛拿到諾貝爾經濟學獎的 Richard Thaler。我很不好意思，但還是老實地說，我不知道。諾貝爾物理學獎得主於是對我講了一點他對於 Richard Thaler 學說的理解，我聽懂了，也回應了，交談有來有往，順利進行，可是我的心不斷往下沉。

這位風度翩翩的學者沒有要傳授我物理學知識，也沒有要宣傳他得到諾貝爾獎的研究。他還就我的專業，盡可能說出他所知道的相關知識。經濟學不是我的也不是他的專業，但經濟學和我的距離，應該比和物理學近得多。諾貝爾經濟學獎公布一周以來，我沒有嘗試理解 Richard Thaler 的研究，只因為那和我手上的工作沒太大關係。相反的，這位物理學家，明明有全世界的正當性說「我只會物理」，但是他沒有。

那天餐會我沒有吃什麼，回到研究室，把 Richard Thaler 幾個主要的研究讀了。只是很粗淺的理解，但是好過無知，好過「害怕自己會不懂」。我想起那個中國女生，想起那位物理學教授，想起以前的自己。其實不知道 Richard Thaler，世界如常運轉，但是為學習而學習，不就是這麼一回事嗎？我開始讀其他領域的論文，也報名了更多演講，即使主題是關於私募基金、賽局理論或是中國環境政策。沒有，我沒有因此在自己研究上得到啟發，這些知識和我的研究是平行線，有些內容太難，我甚至連記筆記都不知道從何下筆，但是我享受那種沒有限制的感覺，不必在了解之前先覺得害怕、不用考慮家庭背景、不需任何人同意、也沒考慮過要如何派上用場。

我期待再次遇到那位物理學家，再有機會和他聊天。下次我會說，這個很難，我不確定，但我可以試著分享我所知道的一點點。

輯二

沒有採光的房間

競爭

在香港要租一套房子有點超出我的抗壓範圍。我說的不只是租金，更是租的過程。

在這邊租房經常透過仲介，和房東自行洽談的機會不多。有些人說，仲介的話聽聽就好，但在香港，雖然仲介不免花言巧語，卻不至於信口開河，因為一個房子從釋出到租掉，大概不用一周。過去兩周內，幾個我看過的單位，放租後幾小時便消失無蹤，仲介光是傳遞訊息都來不及，要兩邊哄騙是更加困難。

剛到香港時，我沒有當地的電話，男友用的是傻瓜手機，可是不論和房東或仲介見面，人家總是問我們要 WhatsApp 通訊軟體才能即時聯繫。一開始我不以為然，想說能通電話便足夠交易。過了幾天發現苗頭不對，資訊太多、流通速度太快，一個單位放出來，眾租客虎視眈眈，為了不錯失良機，我立刻到旺角鬧市買了上網的預付卡，這是我人生中第一次用這種東西，我就連出國自助旅行都未必需要上網，但是在香港租房子，需要二十四小時待命。

說二十四小時可能誇張了點，待命十八個小時卻是必要的。根據我的經驗，大概只有凌晨一點到七點這段時間，資訊流動得慢一點，其他時候，房仲隨時可能來消息說有新物件。一開始我們會說，好的，那約周四下午看好嗎？但是通常不用到周四，房子便已出租。幾天之後，我們學乖了，只要仲介一來電話，我便說，我現在出門，一個半小時後到。

過去這兩周，我忘記工作，只找房子。電話一來，我穿上比較正式的衣服，簡單化個好印象淡妝，帶上我的工作證明，包包一揹就衝去搭地鐵。即使這樣，我們也未必是第一組客人。有時候看房，我踏進屋裡，會有別家仲介帶別組客人在看，我們一邊看房子，一邊打量其他客人，看誰得到房東青睞的機會高。有的房東說下班後可看房，我們便約晚上九點，看完才吃晚餐，趕在商場十點打烊前點一碗麵。吃完了麵，才慢慢搭地鐵晃回旅館。

沒房可看的時候，我都在旅館做功課，租房子的功課。我看一些租房網站，也了解各區行情，更要摸清楚自己的優勢和劣勢。幾天之後，我自認談判技巧突飛猛進，租房不問多少錢，問一呎多少錢；我說我不是學生，不會分租，房子耗損低；我沒有寵物、沒有小孩；我起租日晚，但是我免租期好談；我在大學工作，這是我的工作證明，只差沒有準備推薦信。

可是，即使我市調做得再好，這裡不是學校，下苦工、成績好，也不管用。房仲網站天天更新成交訊息，我們看過的單位，過幾天便被公布在網站上，成交價一清二楚，我像是不及格的學生，只能看著一個個成交單位的榮譽榜發呆。

在台灣，和房東談長租短租談押金都可以，在香港，租房契約往往是「一年死、一年生」。第一年的租約，就算有困難也無法解約，第二年開始有些彈性，但房東也可以漲房租。在台灣覺得每月繳房租是常識，這邊很多房東要求房客一次交一年或半年房租，特別是針對收入不穩定的學生族群。

在這樣的環境下，再沒有什麼要求是不合理的。我很快忘了我在談的租金多麼高昂，而我要租的單位多麼狹小。我看的單位大約十一到十四坪，在台灣可能是個大套房，也可能是一房一廳，但是在香港，十三坪通常已經做為兩房兩廳使用。

以前看人家買房子，台北一間房子一千多萬台幣，我不明白人們如何能決定如此重大的投資。可是過去兩周，我明白了，當你投入房市，過了一陣子，房價就只是數字而已，我們所要做的，只能是專注於當前、跟地產商談判數字，至於想像那個數字變成幾十年的債務，已經是太遙遠的事情。想多一點、看得長遠，眼下就得空手而歸。

我原本只願意用薪水的三到四成付房租，可是這種價格的單位，彷彿在香港黑幫電影裡面看過的場景那樣令人不敢恭維，漸漸地，我把預算提高到薪水的一半。但是對別人來說，預算好像從來都不是問題。

今天下午接到電話，又有房子放出來，喔不，不應該說放出來，因為前任房客還住在裡面，七月底才搬走，可是這套房八月可能放出來的消息一出，就有多組客人等著要看，房東於是跟房客約定一天，也就是今天晚上，讓所有有興趣的人上樓看。

我和男友是第一組客人，進去後發現房客是一位比利時人。我們很喜歡這個單位，屋主卻一塊錢都不肯降，我知道我們離開後馬上會有兩組客人進去看，但是我沒辦法下定決心用原價租，只能先回旅館。仲介打來問我們覺得如何，我說我剛剛的價格加五百港幣，這是我的上限，你幫我談。仲介打來說，不成，房東說要加一千，我說那算了。過不久仲介打來，說不然加八百，我幫你談，我牙一咬說，加八百就能談成嗎？仲介說，我試試幫你打贏另外兩個租客。

我和男友在旅館等仲介回報戰績，我們甚至無力換下剛剛外出看房的戰服，只是靜靜地坐著，等著仲介幫我們談一個根本尚未放到市場上的物件。過了半小時，仲介打來，男友接電話，他們說廣東話，我聽不懂，等男友掛了電話，他筋疲力盡地跟我說，成了，明天晚上簽約。

男友複述了一個仲介用廣東話說的句子，「我講到牙齒都出血了」。仲介還說，他不得已連最實際的招也用上了，就是對業主少拿了點佣金。兩周前的我，對這樣的表達肯定嗤之以鼻，覺得只是話術。兩周後的我，聽到這樣的話，不知道為什麼，只覺得想哭。

回過神來才發現，有些怕高的我剛剛搶下了位於四十樓的公寓，租金是我月薪的一半，而我在香港的第一份工作，甚至還未開始。

一個月

上班已經一個月了，我愈來愈覺得這是一所非常特別的學校。學校只有二十五年歷史，我出生時它都還沒成立。四分之一世紀的時間裡，學校已經爬到世界百大、亞洲頂尖的位置。具體排名因著評鑑單位會有出入，但是內部一個普遍的說法是，這間學校和新加坡國立大學爭奪亞洲第一。這麼短的時間內從無到有建立一所學校，還要成為世界知名的大學，每一個決策對學校發展都至關緊要。有些機構很難論斷為什麼好或不好，成因複雜、難以追溯，可是這所學校不是這樣，從決策發想到成果檢視，過程中每一道痕跡都非常清楚，因果關係僅在二十多年的範圍內討論，少了年代久遠難以考證的軼事，也少了盤根錯節內外部力量的牽扯，檢討起來便沒有模糊地帶。

學校的教學與研究人員大多是外國籍或外國面孔，放眼望去，外國人比本地人多。主要的語言自然是英文。至於學生，大部分還是香港本地生，但是其他學生也不是會吸引目光的少數。學校招聘的老師基本上都有世界一流大學的 offer，在這些 offer 的基礎上用更豐厚的條件延攬。聽說早幾年，不只高薪、住房與紅利，連教授子女的學費也包辦一大部分。更乾脆的方式是挖角世界知名的教授，以我現在的老闆為例，到職之前任教的學校是英國牛津大學。

把工作上可能接觸到的人的履歷稍微看一下，基本上就算完成了世界知名大學巡禮。長春藤名校、杜克、北大、清華、史丹佛、劍橋。上次我和一個ＮＹＵ的老師聊天，他開玩笑說，ＮＹＵ在這邊都被歧視啊。很多學者終其一生無法在頂級期刊發表研究，這邊的老師則是幾乎只有頂級期刊的作品。

僅僅一個月，我的心態和剛來的時候已經不太一樣了。上班之前我覺得自己背景不夠好，對於當研究員期間要做什麼有想法但沒門路，成天在心裡推敲各種可能。現在我已經完全沒有這些旁枝末節的念頭，只是一心一意想離我的同事們更近一點。因為可見的差距，我不用回頭看，只想著往前，能前進一點是一點。我沒有包袱，也不在意別人怎麼看我，不必費力包裝自己。

一位老師對我說，妳現在是一窮二白，什麼具體成就都沒有，我說是的。任何評論，我照單全收。我發 E-mail 和知名教授討論研究，有些人不會回信，回我信的人，真的見面談起來也未必合拍，他們對我做的東西不感興趣、也不需要感興趣，我堆滿笑臉問說，那麼，任何形式都可以，能不能讓我參與你們的研究。為此，有的老師叫我重新去修課，我便寫信給開課的老師問能不能旁聽，有的老師叫我去念幾篇 paper 再說，我一邊答應下來，一邊問說，那我念完和您再約一次見面可以嗎？我剛剛拿到博士學位，看到辦公室門上貼著自己的名字，心情確實很好，但是一天之後我便理解，在這邊工作，名字前面那個 Dr. 是最初始的階級，我所在的單位是研究單位，沒有教學活動、沒有學生。因此，沒有能比一個新科博士更菜的了。

待在這樣的環境有好有壞。好的方面很容易理解。軟體硬體都是一流、職場文化也和美國學術圈一致，自由度高，官僚的情況少。行政人員非常願意輔助我們，資源也很豐富。

至於不好的部分，大概就是和天才一起工作的難處吧。據說和賈柏斯一起工作的人中龍鳳都不太快樂，因為工作不會有成就感，幾乎不可能聽到老闆一句讚美。我現在也處在類似的情況，雖然老闆和身邊的天才都很和善，但是我知道大家對我沒有太高的期待，不認為我會有什麼石破天驚、令人印象深刻的作品。

不過，被小看也有好處。就像跑步時會選擇一個對手做為假想敵來自我激勵，可是如果落後整整一圈，即使還在賽道上，也已經不算是在比賽裡了。這種時候，不必在意競爭者、裁判、觀眾或是表情管理，沒有人關注，能做的只有邁開大步，跑到終點。沒有比較、沒有對照，散場時也只有自己關心自己的成績。習慣之後，其實我不討厭這種感覺。彷彿是競爭，實際上對手只有自己；好像在爭奪名次，但進步或退步只有自己心裡有數。人說寧為雞口不為牛後，我倒是會毫不猶豫選擇後者。

昨日趁著周末，我又重看一次紀錄片《壽司之神》。這部電影總是能令我振作，也對於與世界脫軌、只是整天思索挖掘著單調的主題，不感到浮躁。壽司之神的兒子小野禎一說，我們並沒有什麼不傳之祕，我們做的，就是反覆把同樣的事情做好。

我很想說「以後會怎麼樣我還不知道」，可惜事實上，我約略已經知道自己最好和最壞的狀況會是什麼。心裡有數，盡力而為，再看看身邊光彩奪目的一切，我的感覺是，我沒有遺憾。我在自己被分配到的位置上，在組織的邊邊角角，在聚光燈照不到的地方，在熱絡親密的交流場合門外，當一天和尚撞一天鐘，規律的日子裡，沒有一天荒蕪虛度。那樣的秩序讓人不好高騖遠，感覺自己掙得了腳下的一小片土地，手裡還緊握著一枚小小的紀念胸章。那些寄託，讓我在世界之巔仍能保有一點篤定。我知足了。

小巴

香港的大巴是雙層的、比民宅還敞亮的先進交通工具。香港的小巴，則是一個江湖。

江湖有規則、有凶險，也有人情。

先說規則。小巴設有十六人座，沒有站位，滿座發車。上班尖峰時段，總站有一列空車，排隊人龍綿延，人數始終有上百，前一輛小巴還在上客，後一輛已經發動等待。上車之前會通過一地勤人員：站牌旁邊倚一大叔，工作是從一數到十六。車子一來，門一開，大叔就幫隊伍頭十六個人報數，對第十七個說，你下一班。

我常自忖這個數數大叔的工作產值為何，推測其中一種可能是為了加快速度：

如果只上了十五個客人，司機回頭查明後還得向車外大喊，「還有一個位子」，浪費十秒鐘。如果第十七個也上了，發現之後要讓他下車，又浪費十秒鐘。浪費人一秒鐘都要遭白眼，何況十秒？因此，大叔的工作有其必要性。

雖然我也不免想，這樣的必要性只要排隊乘客稍加合作，前後留意，自己數數，同樣可以取代，但是在香港，排隊要排得瀟灑，要排得漠不關己，從排隊、上車、拍八達通、就座，都盯著手機，好像所有行為只要用零碎剩餘的注意力漫不經心地完成，就顯得道地而有本事。大叔的工作表面上是加快速度，其實是讓人排隊排得有態度。

上了車，拍完卡，找空位坐下。座位有單人座，也有雙人座：一個靠窗，一個靠走道。靠走道的位置比較受歡迎：不晒太陽、下車便利。先上車的人傾向揀走道位置，後上車的客人便得想辦法越過這尊盯著手機的門神，艱難地擠進靠窗位置。這不只狼狽，還有一點危險，畢竟司機不會等人坐定才開車，否則等全車坐定，其多出來的秒數，就抵銷了地勤數數大叔十秒、十秒勤力攢下來的工作成果。辛苦翻山越嶺一次，下次自己早上車，當然大大方方地坐走道位，當然也不讓晚你五秒上車、得坐靠窗位的人方便。五秒之差，階級高下。

總算安全坐定之後，要擔心的就只剩怎麼下車了。

小巴上只有一個電子螢幕，顯示當下車速，沒有停靠站資訊。各站不一定設有站牌，具體位置也未必明確規範，比方說「銀行」那邊有一站，不同司機停靠的地點可以差一百多公尺，有的司機轉彎前讓你下車，有的轉彎過後才放人，但是都算是在銀行下車。

乘客要下車，靠的是知識、經驗、語言能力，以及臨場反應。小巴上的通用語言是廣東話，乘客熟知基本的路線圖，憑經驗知道某個路口或地標設有從外表看不出來的一站，算準了抵達前三百公尺，用廣東話奮力一喊，「某某路口要下車，麻煩你。」比較負責任的司機會舉手示意，表示聽到了。有時司機沒舉手，或是自己坐的位置看不清司機是否舉手，又不好再喊，就用「大不了坐過站」的賭氣，尷尬地望著窗外，等待結果揭曉。

我第一次搭小巴之前，至少和四五個搭過這路線的人確認下車地點與喊話時機，事先練習下車喊話幾十次。那始終是我說得最好的廣東話句子之一。

我每早出門搭小巴，神經緊張，導致下車走向辦公室，迎向一天的工作時，卻覺得放鬆。

有規則，就有例外。

車班滿座的時候，車開到一半，司機往往會大喊，「下一站有沒有人下車？」如果沒有人出聲，司機便走別條近路略過那一站。這原本對乘客是好事，因為能早一點到目的地。但是對於不熟悉規則、沒聽懂廣東話，或是只記得在哪個路口要喊出自己下車站名的乘客來說，沒有即時回應司機的提問，便到不了要去的地方。看到司機彷彿改走其他路線，拿出手機查詢地圖，回過神來，已經離原先預計的下車地點很遠了。

我的工作單位在半山腰，每一天固定搭小巴上山。車行路線並不複雜，小巴順著唯一的大路逐漸往山上爬，我下車之前的沿路設有幾站，但是通常沒有人下車。

在這不會有人下車的一大段山路兩旁有幾棟大房子，大概是三十年前的毫宅，略顯疲態，有著過時的派頭，不過看得出來是有人打理的。這些大房子都是獨門獨院，我常想，到底是誰住在裡邊。

小巴上是安靜的，只有司機彼此之間用對講機聊天。每一天，司機都用對講機互道早安，聽久了，司機之間的綽號也明白了。有個女的叫阿姐，很好理解。還有成哥、威爺和教父。禮拜一的車班，多少能聽到司機討論周末的新鮮事。我的廣東話不好，三成理解，七成臆測，猜想司機可能周末去爬了山，可能幫忙照顧孩子，也可能去了澳門一趟。語言不熟練的好處是無邊的想像。

司機相互照應，乘客其實對彼此也不陌生。會利用這一趟小巴路線的都是常客，每次搭車總能碰上幾個熟面孔，我相信其他乘客也有認得我的。因此，即使互不交談，即使表情冷漠，車裡還是隱約有一種相熟的社區共識，畢竟不算是素昧平生。

上回一位我沒見過的先生上了車，本來以為來了個「外人」，他卻一路和司機自在地聊天。這對我很不尋常，但是其他乘客好像司空見慣。我感覺這位先生是常客中的常客、老鳥中的老鳥、VIP中的VIP，在車上有僅次於司機的地位，但我想不出來為什麼。他甚至不用對司機說要下車，司機就停在路邊那幢大房子前面。

房子裡有條黑狗聽到小巴的聲音，探出頭來，興奮地直轉圈，我才領會這男人就是屋主，也是黑狗的主人。狗有鍊子栓著，可是牠把前腳搭在矮圍牆上，不斷地搖尾巴。主人還沒下車，在車門邊也趕快對狗揮手，一邊揮一邊下車，全心地想安撫這條狗。司機沒有催促，甚至在那位先生下車進門後一陣子，司機也沒有開動車子，車上很多人都等著看人狗重逢的一幕。這時我才明白，小巴上的乘客不只認識彼此，他們也認識在門邊等主人的黑狗。

狗狗閃閃發亮、充滿期盼的眼神，和小巴上日復一日的例行公事成了反差。每一位乘客原本的生活，就像是生產線上循著固定路線前進的零件，在固定的時間，固定的車站，跳上固定的車班，等待固定的人數到齊，瀏覽著固定的網頁，聽著固定的對講機談話，在固定的地方下車，進入固定的辦公室，開始固定的一天。被固定的程度，讓人甚至從未幻想故意坐過站、一路搭到終點的話，世界會不會有任何不同。而男子與他寵愛的狗親密玩鬧的畫面，像是雨天過後的第一束陽光，新環境裡的第一個朋友，或是年終歲末及時擠上回鄉探親的航班，有著一切安慰人的元素，讓生活明亮、放鬆。靠窗座位的每個人都放下手機，望向窗外，我看著那幾張熟悉面孔的側臉，心想，原來他們笑起來是這樣子啊。今天上車得晚，錯過了走道位，真是太好了。

（原文刊載於《皇冠》雜誌二〇二二年八月號，經微幅修改後收錄）

好年

做臉。

美容師問我上次什麼時候來的，我答十月中。她說，那妳知道我去了台灣的嘉明湖嗎？

雖然身為台灣人，但台灣的旅遊資訊我大多是從香港人聽來的，美容師是我重要的資訊來源，她一年要去台灣很多次，這次抽嘉明湖的入山證，一團六個人，幸運抽中了。

「好好玩！沒有想像中難爬。我們第一天開始登山，第三天到天使的眼淚。」

「這樣啊！」

「重點是，登頂之後，在山上，我男友向我求婚了。」

我非常驚訝，也很替她高興。

她年近四十，想生小孩，想快一點結婚，但是男友不急，也不是有相反意見，就是含糊其辭，好像還沒考慮好，過一天算一天。我常常聽她敘述如何威逼利誘要一個承諾，有時候硬起來說「我也不是一定要跟你在一起，你不要拖我時間」。講完了之後又冷靜幾天，「以免給對方太大壓力」。這種自以為有張有弛的做法算不上太複雜的策略，但是她心裡急，也沒有其他好辦法。

她自己開的美容店生意穩定，哥哥姐姐都已經成家，老實說沒什麼壓力。但是終身大事定不下來，常覺得前途茫茫，甚至想一走了之到台灣重新開始，認真和我討論過移民台灣的開銷。

男友一求婚，這次見到她，覺得她變得好積極。心情大好、講話變快，好像什麼事都恨不得手腳並用地完成。「我跟妳說，我們打算請在明年下半年，找一天周間的，不要周末，比較貴。油麻地到尖沙嘴附近交通方便，在那區找一家酒店。請周間晚餐。通常都拖很晚才開席，但我八點一定要準時開席，還有不做開場，什麼切蛋糕倒香檳都不做，如果家長要上台就大家一起在台上舉杯，不然下台逐桌敬酒也可以，我也不會一直換衣服，不然我一直離席換衣服大家根本看不到我。重點是要互動、交流、祝福。我打算換一次就好，進場一套，之後換一套簡單的可以活動的，這樣就好。」

「你都想好啦？」

「老早想好了，婚禮我看過太多，自己的想要怎樣早就一清二楚。」

我這才想起來，她兼職做新祕，幫人化妝梳頭，自己沒當過一回主角。她現在像是設計師裝潢自己的房子，或是老師教自己的小孩，等待多年，要用上所有資源、創意和壓箱寶大顯身手，若不是她明年才要結婚，我還以為她周末剛辦完婚禮，所有細節歷歷在目。一邊幫我做臉，手沒閒著，嘴上也說個不停。我不喜歡聽人把一件事翻來覆去地講，但是聽這種得償所願之後的滔滔不絕，我倒是樂意。

「上次有人來賣健檢服務，說有分婚前檢查和懷孕前檢查，我男友說，先做懷孕前檢查。」這樣簡單一句話，聽在她的耳裡，如同金蘋果落入銀網子般恰到好處，令人身心舒暢。

廣東話我還是聽不全，但是她那種充滿希望與人生即將往前邁進一大步的高亢語調，不用翻譯也不會弄錯。三四十歲的人，生活中還有這種令人驚喜的變化，我非常替她高興。

二〇一七年，我很多盼望當媽媽的朋友都迎來新生命，想結婚的人結婚了，想出國念書的上了飛機，甚至想離婚的人也終於告別烏煙瘴氣。看到人們許下的心願獲得回應，衷心盼望的生活在眼前大方地開展，美夢成真，對我來說，永遠是感動的時刻。

做完臉，我對美容師說，明年見。明年就是結婚的二〇一八年。

她笑了，「過幾天我就可以說，我今年就要結婚啦！」

看到朋友的經歷，有時候我會想，也許我正在努力的事情也會有好的結局。但更多時候，在幸福洋溢的人身邊，我什麼都不想。香港的冬天難得乾爽，太陽掛得老高，庸庸碌碌的生活裡，點綴了振奮人心的美事，即使身為旁觀者，也能不加思索地、同一時間感到快樂。對我來說，這一年便好好地結束了。

磅洗

有時候都是那些很小的事情，讓你懷疑起全部的人生。

二〇一六年七月，我來香港找房子。

住在一間飯店兩星期，沒有找到任何房子，每天在飯店上網查租屋資訊、外出看房子、回到飯店洗完澡後，沮喪地坐在床上。飯店沒有自助洗衣機，於是我們外出找提供「磅洗」服務的洗衣店。磅洗就是店家幫忙水洗衣服並且烘乾摺好的服務，秤重計費。聽起來有點 fancy，我在台灣美國都沒有用過這種服務，感覺像是都市白領的優雅生活，衝刺工作之外的家事勞動全數外包，把衣服交由專人處理，幾小時後取回，不用看天氣晾衣服，每一件都永遠溫暖蓬鬆。

走進洗衣店，店面很小很舊，和我後來見過的洗衣店如出一轍。男友和老闆交涉時，我看到櫃台上貼一張公告，寫說如果不當天來取，放過夜要加錢。另一張公告說，本店不會把客人的衣服混在一起洗。

這張公告不看到還好，看到之後，反而擔心起混洗的問題，這是我從未想過的狀況——自己的衣物與陌生人的衣物在同一個洗衣機裡面攪動。雖然店家說不混洗，但我不免想，其他店家難道都混洗嗎？這家店是不是被抱怨過混洗所以才貼公告呢？

男友付了錢，我們要走出店面時看到另一張公告，說，加消毒水加十元。我對男友說，我們加消毒水吧。

回到櫃台，付了十元，店家說，喔，好，消毒水。

那天取回衣服，洗澡後換上，第一次知道穿著濃濃消毒水味兒的衣服睡覺是什麼感覺，像在醫院裡一樣令人不安。醫院裡總有些角落消毒水味比較不濃，但是衣服就穿在身上，無處可躲。

後來我租到了房子，有自己的洗衣機，可是香港的天氣，衣服總是乾不了，就算晾在外面三天，或是用除溼機弄乾，也會有一種比不洗的時候還臭的味道，根本沒辦法穿。家裡的洗衣機小，洗不了床單被套。我們還是時不時去外面找磅洗店。

今天把磅洗的衣服拿回家，打開來，一件件放回衣櫃，袋子底部出現了一只不屬於我們的襪子。

我想回到二〇一六年那個炎熱、疲倦、絕望的七月，對站在洗衣店門口的自己說，混洗是真的喔，有一天，就算你租到房子，陌生人的襪子還是會和你的枕頭套折在一起送回來，不曉得該不該重新洗一遍。

好好生活，這四個字很抽象，直到來到香港，我才有明確的想像。比方說，勤快地洗衣服，確實地晾乾，不用趕著收衣服也不擔心被加價，從未考慮過和陌生人有間接的肌膚之親，當然，衣服沒有藥水味，幸運的話有陽光烘烤過的香味，整齊地摺好，收藏進衣櫃之前，也許能抱在懷裡深呼吸一口氣，這對我來說，是生活過得好的模樣。

這只是一件很小的事情，但是好的生活，其實就是合於心意的一些細小片刻組成的。同樣的，有時候覺得真的受夠了，也正因為微不足道的事，像是那條永遠溼的牛仔褲，或是一只不相識的橘色襪子。

再見 香港

去英國的工作簽證辦好了，在香港三年的時光，就要告一段落。

一開始來香港是因為當時最好的工作機會在這裡，但後來待下來，主要原因就是男友了。表面上看起來我好像是為了男友才留在香港，實際上，有些弔詭的，若沒有男友，我在香港根本不可能生存下來。

在摩天大樓的夾縫中求生存，和當初我倆在美國小鎮一望無際到令人失去方向感的平原上過日子，居然有共通之處：在海闊天高、舉目無親的美國生活，離世界太遠，我們要記得自己是誰；在香港被樓房、人潮與現實淹沒的時候，我們也要記得自己是誰。

電影台詞說，要結束的時候，總是會一直想到開頭。真的是這樣。

我想到每次搬家的倉皇忙亂，怕找不到棲身之處的徬徨。我想到剛來的時候躊躇滿志，以為前程就要在此開展。我想到那時候去ＩＫＥＡ去到怕，家具淨買最便宜的，戶頭卻老是透支。後來工作穩定了，去一家以前嫌貴的中餐館，看到菜單愣了一下，心想，這樣尚算合宜的價錢，以前居然望之卻步嗎？我想起剛搬家沒有熱水，去外面髮廊洗頭，想請設計師「吹直就好」也不會講，第二天自己用冷水把頭洗了。我也想起每一個心情不好的日子，跑到寵物公園看人家遛狗，想像有家有狗安居樂業是什麼模樣。

香港教會我對於不公義能容忍的程度，還有什麼用錢買不到。我也學會更加強硬、更加勇敢，就算是裝出來的。我敢叫人不要插隊，或是在被欺騙的時候揚言報警。我變得自私、不怕衝突，搭地鐵搶座位、鬧區走路肉搏戰。每一天出門，我把面具和口罩都戴上。回到家，我有時累得幾乎認不出自己。

但在面目漸漸模糊的時候，我卻產生了有稜有角、黑白分明的自我認同。就好像目睹霸凌，如果程度輕微可能不會挺身而出，但是如果愈發嚴重，看不下去的時候，會突然發現自己也不是因循苟且之人，企圖捍衛公平正義。在那樣的時候，雖然只是終於做了該做的事，卻知道自己沒有想像中懦弱，重新找回了自信。換言之，若處境不太艱難，難免就安於糊里糊塗的幸福。這麼說來，香港是我的嚴師。在那些要清醒地抉擇、為自己挺身而出的時刻，我被逼著與環境畫清界線，從而定義了自己。在這個意義上，我感謝這三年。

在香港的最後一周，我到油麻地附近的彌敦道辦事。我不喜歡油麻地，上一次來就是初到香港之時，在附近一家便宜飯店待了兩周，每天不是頂著烈日看屋就是與仲介房東攻防，身心俱疲。從此我盡量不去油麻地、旺角一帶。

想到即將離開，我終於可以心平氣和地環顧四周，我甚至有心情拍照。一張照片是油麻地地鐵站Ａ２出口。這裡沒有手扶梯，樓梯爬到盡頭，拐兩個彎，就是那家便宜飯店。Ａ２出口的樓梯那時天天爬，有時爬兩三趟，爬回飯店休息一下洗把臉又要去看下一間房子。另一張照片是彌敦道。彌敦道很長，不用從頭走到尾就覺得已經體驗了香港的全部——拿行李箱橫衝直撞的旅客、從天而降的不明滴水、汽車廢氣、據說專宰外地人的藥行、店員冷眼看著來往行人的金飾店，還有交通號誌嘟嘟嘟嘟的聲音，混合成香港的氣息。在那條街上走十分鐘，我感受到的算計、壓迫感、茫然，比在其他地方走上一天都多。這一段彌敦道在油麻地與旺角中間，我選擇在這裡與香港告別。香港給我的衝擊那麼深刻，那麼寶貴，我不會忘記這裡，也不會忘記那個在香港拚搏過的自己。

那就再見了。

輯三

這座城市

下雨天

下雨天，在家等超市送貨。

在指定的時間段，接到電話，「陳小姐，我是超市的安德魯，我送妳的雜貨來了。」

我披上外套、抓起購物袋下樓，發現司機找了我家樓下附近唯一一個有頂遮蔽、但又能被清楚看見的位置停車。

安德魯是一個高壯、有鬍渣，卻戴著斯文的金屬細框眼鏡的大叔。當然，說人家大叔，其實就是和我的年紀差不多。如果讓我猜，他是那種送貨完畢還要去參加讀書會的人。

看我小跑步靠近，他中氣十足地用熱情的聲音說，妳看，我停這裡，我想妳應該覺得我做得不錯吧。

我接收到大叔的撒嬌意圖，說，我剛剛過來就一路想，你真是天才。

原本就熱情的大叔更快樂了，看起來幾乎就像是在加勒比海度假村中迎來二十歲夏天有著古銅色肌膚的男孩。

他爬進車內，拿出籃子。

第一籃是冷藏食品，他把籃子抱在自己的腰間高度，還傾斜籃子朝向我。這傾斜完全沒必要，只是一個「我很在乎妳」的動作。

分工合作，我俐落地拿起東西，裝滿了自己的第一個袋子。

第二籃是常溫食品，我拿出第二個袋子。

「真好，妳有這麼多袋子。」

來英國之後，我發現任何事情都可以被稱讚，這對我很有幫助，特別是教學方面：學生交作業，天馬行空，不知所云，我最起碼會說，沒有完全只念課本的東西，非常好。

我和他搭配得天衣無縫，從微微向我傾斜的籃子中拿我的麵包。

這一籃裡還有一些罐頭，我問，你這樣拿籃子會不會很重。

「一點也不會。別忘了巧克力！巧克力最重要。」

這個籃子上面蓋了一份品牌的免費報紙，其他司機都會問我要不要，他卻沒有，彷彿一定要我收下。

我拿起報紙，正準備還給他，發現報紙下面蓋的是幾包生理用品。我懂了。我把生理用品連同報紙一同掃進袋子內，確認了心意。

大叔立刻像唱歌一樣接下一拍，「好嘞，只剩下蛋和紙巾了，但妳的袋子已經滿了。」他接過我的袋子，用比我大上一半的手梳整裡頭的貨品，騰出空間，把蛋放進去。

我抄起最後一卷廚房紙巾，夾在腋下。

「太好了，都拿齊了。」這是廢話，但是肯定要說的。說了就覺得自己完成了一件了不起的事。

「是的，謝謝你，請小心開車。」

「我會的，祝妳有美好一天。」

「你也是。」

有些工作被認為進入門檻低、工作內容單調，因而取代性高。超市的司機，配一台貨車、一件背心、幾籃生活雜貨、一台ＧＰＳ，組成簡單，工作內容一分鐘即可以交代完。但是安德魯不能被取代，至少對我不能。愈簡單的工作，與人接觸的時間愈短、愈隨機、愈標準化，便愈難找到插入溫暖心意的縫隙，可是安德魯沒有錯失任何一個。

我知道自己算是敏感的人，這未必是什麼值得自豪的特質，但是看到安德魯，想到他的心思，在冰冷生硬不需要人情的環境裡也能開出花來，讓我覺得我的特質最重要的功能，或許在於能夠辨認出別人的努力。

我想到他來的路上，已經在考慮要找有頂的停車位，以免我淋雨，就覺得今天也是情人節。

我讀懂了他所有的心意，知道自己多麼被重視，在下雨天裡，兩個敏感的人便能交換加勒比海的陽光。

這家超市的司機，我一周接觸一個，他們起碼有一半都是像安德魯這樣傾注心意，把物流變成服務的人，我真的好奇他們如何挑選員工。

對超市老闆來說，這可能是一個「魔鬼藏在細節裡」的成功案例，但是對我和安德魯，這不是管理教科書、也不是經營心法，只是兩個敏感的人，用謹慎的態度與豐沛的情感扮演自己的角色，沒有漏一拍的互動，也沒有掉落的心意，因此安然地度過了這個禮拜。

用真心誠意過日子，好處是未來可以預測，如果平安地度過這一周，便有信心下個禮拜、下下禮拜，繼續這樣做自己也沒問題。巧克力、免費報紙、星期二的雨、停車位，這樣的符號成了密碼，讓我們相信，凡碰上這樣的組合，就意味著好人總會遇到好人、心意終會交換心意；下雨的星期二，也會有好事發生的。

絕對不是壞人的人

被工作上的郵件激怒，闔上電腦，去附近的公園慢跑。

上個月見到一個剛來報到的同事，他說，自己實在應付不過來。一報到就要教課，還不是從學期的開頭、第一堂課開始教，而是從中間切入。連日程表去哪裡查看都不知道，教室的設備也搞不清楚，學生問相關規定，他比學生更一頭霧水。銀行帳戶沒有、要租房子卻沒有時間找、電話號碼也只是暫時用著。一個人都不認識，暫住在學生宿舍裡，房裡不方便工作，每天來辦公室，也就只好每天中午吃學校咖啡廳。「難吃死了」，他恨恨地說，咬牙切齒，我幾乎聽到他沒說出口的髒話。

他的挫折，我完全可以想像。換新環境總有兵荒馬亂的時期，我也住過學生宿舍，我也急過銀行開戶文件，我知道有時候真希望有個幫手，但是連停下來發E-mail問人的精力都沒有。我當初的煩惱，乘以三，大概就是他現在的感覺。

他問我，妳有什麼嗜好嗎？

我說，「說來不好意思，我實在沒有什麼上得了檯面的嗜好。」

「那工作以外，占用妳最多時間的是什麼？」

「可能是讀日文。」

「這樣啊。」

「嗯。」

「為什麼對日文感興趣？」

「我以前常去日本旅遊，去年總算下定決心學日文。」

「那妳英國歐洲這邊都玩過了嗎？」

「都沒有。」

「這樣啊。」

我有點抱歉，人家和我談興趣嗜好原本都是想開啟話題，但是很快會不了了之。

「那你呢，每天有一定要做的事嗎？」

「我跑步。」

「你有空跑步嗎？」

「沒空更要跑。」

他說，愈是被逼到喘不過氣的時候，愈要跑。全身上下只帶一支鑰匙，奮力前進。每天超過十公里，其實離開書桌的時間也不過一小時。

他說的對，跑步時，時間過得真是慢啊。我跑到煩了，才過了十分鐘，於是停下來用走的，走到心虛了再跑，東拼西湊一小時，就算完成一件事了。下次見到同事，比較能抬頭挺胸。

路上，遇到一個人牽了兩隻大白狗。人不修邊幅，狗毛也不太蓬鬆，不過還過得去。一人兩狗都沒有精神，好像在比誰走得比較慢，例行公事一樣地散步，彷彿只是因為回家也沒有更好的事情做，才在公園裡消磨時間。

他們那百無聊賴的氣場，是攀談的好前提。

「您的狗真可愛啊。」

男人擠了擠臉上的肌肉，終於弄出了好像還不太習慣的微笑表情，說，「還行吧。」

「這兩隻狗有親戚關係嗎？」

「有的，是姊妹。十歲。」

「Oh, how lovely!」我不知道十歲有什麼 lovely 的，大概因為是整數吧。總之和動物有關的我都覺得 lovely，不是敷衍。

「這隻有頸圈的叫戴西，另一隻叫做老虎。」老虎？我想他說的是老虎吧？男人講話有點含糊，對一切都不感興趣的樣子，讓我不敢進一步確認。我怕多問兩句，他就牽著狗走了。

還好，他沒有轉身離開。他用不感興趣的語調，對我說了很多狗的事情。如果打成逐字稿，他分享的內容，與那些熱情大方、以狗會友的主人，其實差不多。

我們分別之後，我心想，真不錯，遇見了一個絕對不是壞人的人。

我看人不特別準，但是偏執。如果有一些蛛絲馬跡，我就會認定這個人不是壞人，或者相反。

比方說，同時遛兩條狗的人。

比方說，狗的頸圈比自己身上任何東西都要光鮮的人。

比方說，不甘不願但還是會接話、寧願草草完成也不會輕易揚長而去的人。

比方說，超市結帳時排在我前面，身材壯碩卻熟練地拿出已經用舊了的小花環保袋，不在乎形象的一致性「as long as it does the job」，只想把能用的東西物盡其用的人。

比方說，能把吃到飽餐廳那種大量製造的超小塊蛋糕用叉子再切得更小，吃得很香很滿足的人。

日本的綜藝節目有一次問搞笑藝人說，如果外星人來了，有什麼關於外星人的情報會讓你覺得外星人一點也不可怕？

我喜歡的藝人在白板上清爽俐落地寫下兩個字，「自炊」。

我在電視前拍手叫好，沒錯，遠道而來抵達地球，卻考慮著怎麼好好煮一頓飯餵飽自己的人，肯定不是壞人。

又比方說，在駛離車站的客運上，看到地勤人員向車輛揮手，也忍不住揮手回禮的人。

在機場大廳和親友擁抱，痛哭流涕的人。

把好東西藏到櫃子深處，等客人來了又大方地統統打開的人。

花一下午不亦樂乎地堆雪人，不在乎它明天全部融化的人。

認真組裝ＩＫＥＡ家具，卻創造出一個四不像的人。

聽到乘客向巴士司機詢問，就惦記著要提醒對方下車的人。

覺得每天的日落怎麼都看不膩的人。

去公園一趟，能運動到多少不一定，但是往往都能遇到一兩個絕對不是壞人的人，於是便有了絕對不能算壞的一天。

我真希望那位剛剛來報到、每天生活只剩下慢跑的一小時屬於自己的同事，能多遇見一些這樣的人。當他的生活有一點餘裕的時候，僅僅觀察著這些好人，也許就能拾回對世界的信任感，起碼會覺得，這個地方大概還可以待得下去吧。

二〇二〇年初，我去日本，那一趟旅程中，我第一次搭乘新幹線。

我旁邊坐了一個頂多是國小低年級的女孩，因為我不會說日文，我們沒有任何交流。那個女孩很會照顧自己，出發後不久，她拿出預先準備好的果汁、蛋糕等糧食，安靜地吃著，把垃圾分類好。嫻熟、謹慎，而且節制。

過了半小時左右，她轉向我，誠懇地說了一串日文。我猜想意思大概是要我幫她看著行李，好讓她去上廁所。她說完之後，起身就走了，她的所有家當，從錢包、手機到零食，都留在座位上。

我看著那個空位，心想，妳怎麼知道我是可以信任的人呢？

這麼謹慎的人，為什麼會拜託我呢？

於是我不斷地在腦海中搜尋記憶，想知道自己到底做了什麼。

我一路快轉倒帶，過去三十分鐘，我和小女孩就是兩個陌生人，沒有任何互動。

後來我想到了，是出發之前！

我先上車，靠窗位置。坐定之後好一陣子，小女孩才上車，走道位置。離發車時間還有兩分鐘的時候，我望向窗外，月台上，一個女人趕到了我這節車廂的位置，對著我揮手，不斷地點頭。

我還沒細想便立刻調整了姿勢，讓出窗戶的視野，讓那個女人能吸引到小女孩的注意。

小女孩果然看到了，她熱情揮手，拍了拍自己的背包，意思是東西都帶齊了。

車子開動，我靠上椅背，望向窗外，那個女人的身影與月台一起緩緩後退。她還在揮手，神色比較放鬆了，這一次我感覺到，她是向我揮手的，意思好像是說，孩子麻煩您多關照了。

我想就是在那一刻，我在她們眼中，成了絕對不壞、值得託付的人。能夠遇到這樣的人，是好運。而這種好運，沒有漫無目的地探索的餘裕，便不容易尋得。

這樣的餘裕，我有，而我的同事還要一段時間才會有。這種餘裕，是在一個地方堅持得夠久、撥開一地雞毛才能掙來的自由。於是在每個心情不夠好的日子，我以不想浪費這種自由的心意，在日落之前去公園遊蕩。每一次從公園回來都覺得，我不會跟著那些惡意一起墮落，至少今天不會。

甜心

去蘇格蘭旅行一趟回來，冰箱空空如也，上了兩天班才有時間去採買。時間不多，加上右手網球肘的問題還沒解決，不能提重物，決定只去瑪莎超市。瑪莎超市我很熟，一個月要來好幾次。

在開放式冷藏櫃前，我伸手要拿一盒塑膠盒裝的肉醬。才剛想到自己伸出的是右手，肉醬已經掉到地上，塑膠盒裂開，流出了一點紅色肉醬。

我蹲下來，不太曉得該怎麼辦，這種情況從未發生過。弄壞了商品，只能買下，我把破掉的肉醬放進籃子裡。

這時候左右兩邊各有一個人接近我。左邊是一位老太太，戴著金邊眼鏡，銀白色的鮑伯頭，米白配上杏色的裝束，一看就是中產階級。右邊是一位老先生，戴著黑色的帽子，偏瘦，看起來很聰明。

老太太先開口了，「甜心，妳不必這樣的。」

看我發楞，她補充，「妳把那罐破掉的放回架上就行了，這種錯誤誰都犯過。」

「啊，其實只有破一點點，我還是可以用的，我很抱歉。」

老先生趕忙搖手，「不必抱歉，這是很小的事情，妳放回架上，跟員工說這邊有一點肉醬在地上，這樣就行了。」

我還是不敢把掉在地上的肉醬放回架上，便拿著肉醬四處去找員工。找到一位在忙其他的事情，我硬著頭皮說明經過，那位員工說不要緊，他會處理。

回到事發現場，老先生老太太還在，我說我去找人了，但是不曉得他們何時來。

「不要緊，我們一起等。」

過了兩分鐘，我說，我再去找別人。

又拿著破掉的肉醬，在超市裡面走來走去。

遇到了另一位員工，她也說不要緊並接過我的肉醬，說她來處理。

我又回到事發現場，我的同伴還在，他們安慰我，「現在的超市很難找人，但是妳不用擔心，這種事難免的。」

「這地上的肉醬，您要小心。」

「好的，沒問題。」

左一句不要擔心，右一句在所難免，我心想，被爺爺奶奶溺愛的孫子大概就是這種感覺吧。

員工拿著一卷紙巾來了，我再次道歉，拿起新的一盒肉醬放進籃子裡。我的同伴對我微笑說，甜心，沒事了。

既然到手的是包裝完整的肉醬，就不急著今天用了，可以買些別的食物當晚餐。仗著有祖父母的關愛，我把想吃的都買了，草莓挑了大盒的，櫻桃則是白色帶粉的那種，番茄湯也放進籃子內，還買了新鮮的 lemonade。

我在賞罰分明的體系裡成長，很少有機會犯錯還被叫甜心。我可以想像，一個在關懷與包容中成長的人，世界觀肯定和我很不一樣，畢竟今天這小小的事件，已經動搖了我的觀念。比方說，被不請自來的長輩告知該怎麼做，可以是倚老賣老的年齡騷擾，也可以是閱歷不夠的人提供不來的厚實安全感。比方說，不是每一個錯誤上面都要畫一個叉。比方說，差點要被看好戲的事情，也可以被溫柔的化解。比方說，陌生人，可以只靠一句話釋出的善意，就讓人想哭。

往往就是這樣難以言說的瑣碎片刻，讓人知道自己能不能留得下來。克服了錯誤，遇見了好人，心情沒有太大的起伏，偶爾還有感動，日子就滾動得快，以致於我有時候要刻意計算才確定，我在這裡已經住了四年了。

回到家，我把食物一一冰好，購物袋的最底部，是那瓶 lemonade。

If life gives you lemons, make lemonade.

可是有時候，生活很慷慨，會直接給我們鮮榨的清甜檸檬汁，讓人毫不費力地，就能喜歡上那一天。

我的公寓

2022——

每年學期結束的時候，差不多也是房租續約的時候。我在這個公寓快住滿三年了，剛剛簽了第四年租約。

住了三年和住了兩年，感覺不太一樣，說不上來，與其說是安定，更像是新奇，好像沒有過這樣的經驗。於是認真地想了一下自己住過的地方，原來十八歲之後，我從未在一個住址待超過兩年。

我對於現在租的公寓，不只是認知上的滿意，情感上也有依附與認同，我可以想像有一天離開英國，卻好像不能想像搬出這間公寓。我對很多人說過，我租的公寓要是可以買賣，我早就買了。但是我住的大樓是蓋來出租的，所有權在公司不在個人。

我非常愛我的公寓，甚至為此稍微改變了自己要擁有才能安心的性格。這種Built-to-rent的公寓永遠不會屬於我，我總有一天得離開，而公寓會有新的住客，也或許不會；我希望我是第一個住客也是最後一個，能和公寓待在一起直到天荒地老；在落地窗前看跨年煙火，迎來新年的時候，我都希望明年依然如此；每次飄雪，我把湯麵端到窗前吃，覺得自己身在電影裡，希望永遠不會散場。

這些希望，統統不會實現，打從簽租約、設定每個月自動轉帳的時候就知道了。這間公寓教我與注定要失去的勇敢建立關係，對終究會拱手讓人的事物投注心意，還有盡情享受，不去擔憂什麼時候結束。這些都是我不擅長的，但是每天住在這裡，只好每天練習。

我決定與我的公寓待到我不得不離開的那一天，那也是一種極限，即使不至於永遠。

2024——

住在這裡即將滿五年之際，我要搬家了。

這裡一年續約一次，每年都漲價。

第四年快到期的時候，管理單位照例問我是否續租，我說是的。但是好幾天過去了，卻沒有被告知新的價格。有一天我偶遇經理，提及此事，他連聲抱歉，說這兩天馬上給我新的合約書，同時不經意地提了一句，這次漲幅不少啊。

當天晚上我做了惡夢，夢到房租漲得太多，超出了負擔範圍。

雖然事後發現漲幅是可以接受的，惡夢仍不是空穴來風，租房子缺乏保障，有今年、未必有下一年，這是確實的。

我開始認真尋覓買房標的。一開始我在住處與工作地點附近找，沒有合適的。

這裡不是大城市，做了功課的話，其實不太會有漏網之魚，沒有就是沒有。我開始找鄰近城鎮的建案，只要火車半小時車程內的城鎮就列入考慮。

我一直都很喜歡現在租的公寓，來英國幾周後就搬到這裡，一轉眼將滿五年。同時，我也覺得自己沒有很喜歡這座城市，它沒有特色、沒有名氣，也沒有過人之處。要不是能住在這間公寓，我也許老早就搬到別的地方去了。

但是，開始搜尋外地建案的時候，我老覺得缺了點什麼，才知道自己對於住了五年的城市是有感情的。

我搜尋的地方，有些是古色古香、人文氣息濃厚的小鎮，但是我嫌商家不多、沒有大型商場。有些地方有城市的便利，但要散步只能去公園，沒有適合閒晃漫步的街道。有些地方移民不多，沒有中式餐廳、沒有亞洲超市。有些地方房價合理、建商也有不錯的口碑，但是附近完全沒有生活機能，開車五分鐘才有商店。

當我煩惱沒有口味適合的餐廳、沒有確定安全的街區、沒有百貨公司、也沒有老是見到的那幾隻貓狗，才知道身處的這座城市為自己提供了什麼屏障。

如果搬走，我最想念的，大概會是New Walk吧。

New Walk是一條小徑，兩旁有樹木、有民宅、有公園、有托兒所，也有辦公室與博物館。這條小徑有足以會車的寬度，但是兩百多年來不讓任何車輛通行，不過我還是看過幾次有人違反規定騎腳踏車。這裡是行人專屬的路徑，連接市中心與大學兩個不同的郵遞區號。它與繁忙的主要幹道平行，相隔頂多一兩個街口，卻非比尋常地寧靜。

New Walk兩旁有長椅，其中一張寫著，如果你願意別人與你聊天，歡迎坐這張椅子。New Walk的盡頭接到維多利亞公園，那邊也有長椅，其中一張寫著，這張椅子是為了紀念一對夫婦，因為他們非常、非常喜歡這個公園。如果坐在那張椅子上，確實可以欣賞到公園大部分的景色。想到他們的心思有後人惦記，而美景始終都在，坐在椅子上便彷彿能穿越時間。即使從未謀面，也分毫不差地體會到他們對公園的眷戀。

不快樂的日子裡，我格外依賴New Walk。有在那裡來來去去的餘裕，我就覺得即使這是我僅剩的自由，那生活也不算太壞。看到托兒所老師領著孩子出來散步、情侶牽著大狗晒太陽、辦公室外面有人大口吃著三明治、有人排隊買咖啡、在教堂前拉小提琴並且用琴盒接收報酬的男子、修剪樹木的工務人員，以及那座帶有玫瑰花園與粉紅色大門的宅邸，我就覺得自己還活在生活裡，沒有脫隊。

我第一次拜訪這座城市是二〇一九年春天，當時過來看看秋天開學後要工作的環境。我從倫敦搭巴士過來，一路上發現這裡與想像中的英倫風貌差距甚大。我非常失望，在旅館裡哭了起來。後來在旅遊網站上查詢當地景點，唯一讓我好奇、願意走出旅館一探究竟的，就是 New Walk。我到了 New Walk，沒有驚為天人，但也不至於扭頭就走。我在小徑上來回走著，心情漸漸平靜，覺得新生活即使不如預期，大概也還能過下去吧。

某個程度上來說，是 New Walk 把我留下來的。當年痛苦的時候，這條路在我眼前開展，我於是不覺得無處可去。

我在英國沒有住過別的地方，在這裡經歷了安頓初期，也經歷了疫情與居家隔離，後來交上了朋友、有熟悉的店家、也習慣了在路上會遇到學生。診所有我的資料，收到提醒的簡訊就知道又過了半年。我有常去的乾洗店，也有固定的美甲師，如果沒有預約就踏進店裡，整家店的人看到我不約而同地說，哎呀，莉莉今天剛好不在呀。

我知道哪家酒吧有好喝的無酒精水果口味啤酒，也知道哪家咖啡店周日仍舊營業到晚餐時間。經過某些路口，我會想起和網路交友對象第一次碰面的心情。我每天走同一條路去上班，有些路段開挖，幾個月後整理好了，好像也沒有更加平整，只是恢復原狀。有些店家結束營業，招租廣告放了幾個星期後，店裡又開始有人進出裝潢，看到一排衣架，大概是要開服飾店吧。至於那家珠寶店，陳列的款式不怎麼吸引人，但是年輕店員總是把每只戒指每串項鍊擦得晶亮。我上班途中，店員正拉開鐵捲門，黃昏時回家，店員把一件件珠寶從櫥窗收回店裡，也不曉得在我上班的這幾個小時，是不是真的有銷路。那些珠寶看起來沒有更新，但是店員弟弟每天慎重地把珠寶擺出來，再仔細地一件件收回去，日復一日，讓人覺得穩固，好像不管賺錢與否，這家店，以及早晚的儀式，會一直存在。

當然，我也路過一些不怎麼喜歡的店家。那些店開在大馬路邊上，家人當初來拜訪，我對附近還不熟，只能帶他們去那些醒目的連鎖店。後來，我學會了避開那些餐廳，也認識了一些美食，每次一個人酒足飯飽都有抱歉的心情：即使不是刻意藏私，還是不免遺憾，當初家人一趟路那麼遠來，只能招待鹹得難以入口的炒飯。

我也會想到分手的另一半。公寓附近有一個公園，我們當初想去卻走錯方向。後來我自己找到了。公園裡面有河、有小動物、有運動場、有花園，還有一點古老城牆的斷垣殘壁。我常常去那裡散步，每次都能讓心情開朗。便揣想，如果當初一起找到了這座公園，一起牽手散步，是不是也許，就不必走向分手一途。

五年過去了，我有信心可以在這座不起眼的城市裡給人幸福，這是第一年的我做不到的。可是就如同所有難以預測而無法懷抱希望的景況，當時的我們，完全不知道多久之後自己才能在這裡安身立命，甚至自得其樂。也許，那一天永遠不會來。現在回頭看，知道終究還是挺過來了，只是一路相伴的只有自己，終於踏實的時候，也只能獨自覺得安慰。

每一天的生活裡，有秩序、有歡欣，也有遺憾，新的事情不多，舊的回憶與穩定的步調一起滾動，推著我過日子。在這座城市裡我找到了自己的節奏，卻沒有頻率相同的人，成了那些懷抱故事卻形單影隻的人之一。

一個人承擔不了什麼責任。不能養寵物，便去公園與人裝熟，蹭別人的狗玩，在公園的板凳上看著年幼的孩子奔跑。看久了，還真認得出狗換了冬衣，而孩子長高了不少。非常細小又瑣碎、近乎無聊的零散知識。但是，這些知識屬於我。它們不像風景名勝一樣能讓人指指點點、拍照留念，它們單調、無足輕重，又私密，沒有別人欽羨，可以毫無顧忌地握在手裡，好像在一人一份的規矩裡，已經領到了屬於自己的，便不需四處張望，也不再尋尋覓覓。

五年下來積累的篤定，不曉得搬家之後還能剩下多少。

有遺憾的人時常在原地打轉，只要保有與過往的連結，失去的或許有一天會回來。這些日子裡我在這座城市走的每一步都帶有回憶，我於是猜想自己可能也是走不開的人。現在要搬家了，發現「分別」這件事分成兩個階段。先是別人走了，之後，自己準備好的時候，也不等了。他先離開這座城市，現在換我要走，好像又分手了一次。

這未必代表成長或勇敢，蛻變或新生。但是離開，便是看到新的風景，未必好，也未必壞，但總是新的，而且是沒有踏出去的人不會看到的。

朋友問我，你是這間公寓的第一任房客，一住就是五年，要不要在某個角落刻幾個字紀念？

刻字是玩笑話，可是我確實好奇下一任房客是怎麼樣的人。是像我當年一樣的菜鳥嗎？他會漸漸喜歡上這裡嗎？他知道哪裡有最美的公園、最好吃的冰淇淋嗎？他會不會常常去頂樓，因為那裡可以看到半座城的風景？他會像我一樣喜歡這間公寓嗎？他會添置什麼家具？他會不會從物品的痕跡揣想前一位房客的生活？

如果他選擇了這裡，姑且也算頻率一致的同好吧。他對我、對這座城市、對他日後的時光，或許充滿了好奇。我覺得留點訊息給他，似乎也不是壞事。

而如果我真的能刻下一段話，我想說，「我在這裡度過了很多有意義的時光，回想起來，我珍惜這些日子的全部。這座城市比表面上看起來更有意思，而這間公寓想必會待你如同待我一樣好。我來的時候覺得一無所有，離開的時候卻覺得一無所缺。我祝福你有很多快樂的時光。歡迎回家！」

幽靈

這家房仲始終都很不友善。

以為仲介都希望成交，即使付仲介費的是賣方，也得要我們買方配合，生意才能做成，於是會對雙方都客客氣氣。事實上，這家房仲自始至終，就是很不樂意我買這間公寓的樣子。

公寓算是新的，屋主向建商買了，沒住過，半年不到就要轉手，入手價格往上加了一點掛上網路，三個月後被我看到。

房仲是一家當地的小規模公司，歷史僅有數年，打電話約看，仲介要我的財力證明。提供了一些文件，仲介不滿意，再提供了一些文件，終於讓同事來開門。

來開門的是個女孩子，很甜美，只有十九歲，所有細節一問三不知，親切地開門、開燈，若不是手上有一串鑰匙，便像恰巧經過的路人。

看了之後覺得可以，出了個價錢，仲介說不可能。

我出了另外一個價錢，仲介說幫我問問。

接著回覆我，價錢可以，要介紹律師和理專給我。同時又要看我的財力證明。

我說有些文件是台灣核發的，英文版需要一點時間，大概一周。

E-mail 裡，仲介從來不回應我的問題，只會說要什麼，還有不配合的後果。

仲介說，給我文件，不給我就不把物件撤下網路。

我說，下周會有英文文件，本周只有中文文件。

仲介不正面回答，只問，妳何時帶文件來辦公室見我？

E-mail 往返幾輪，都是廢話，我於是說，我手邊有英文文件，裡面可以顯示有一點點錢，這個金額妳看夠不夠，可以的話，今天下午四點，我在房子前面等妳，妳看文件，我也再看一次房子。

仲介說好。

下午四點，又是十九歲女孩來開門，我把文件讓她拍照，接著進去房子裡面，我說想拍些照片與影片給台灣家人看，她說沒問題。

文件都齊全之後，我請仲介發一份銷售意向書給我，好讓我進行後續流程，仲介把我的資訊給了她推薦的律師與理專，說他們會找我。

我說我有自己的律師與理專。仲介在電話中責怪我，說她提供的律師與理專已經報價，為何橫生枝節。

我堅持要用自己的律師與理專。

仲介說，叫他們跟我聯絡，他們沒跟我確認，我就不撤下案子，也不發銷售意向書給妳。

我的律師與理專一天之內便與仲介聯繫，她終於核發了銷售意向書。E-mail 內容是從舊文裁剪的，我的銷售意向書下面還有她之前發給別人的銷售意向書。我因此知道了另外一筆交易，買方的名字、物件的地址、同意的價格，全都應該是保密資訊。

我把我的銷售意向書檔案打開一看，上面的地址是錯的，我寫信要求更正，仲介說，妳要改地址就要提供給我新的地址證明。我說，我從未「改」地址，我之前提供的地址證明、銀行帳單，全都是這一個地址。

對方再也沒有回覆。

我請的律師與理專很專業，進展快速，到後來，我想到要面對仲介就不痛快，反倒是跟律師還有理專溝通，討論生硬的文件，討論貸款，能得到一點安慰。

本來以為可能要搞到夏天才能交屋，但以律師與理專的辦事效率，也許三月去美國開會之前就可以交屋了。我按捺不住，對幾個親近的朋友說自己要在英國買房子了，不是大城市、物件本身也不是完美的、貸款利率很高，不過仍是好事一樁，可能年後就要入厝，整理好之後請務必來玩，我帶你們走走、看看，樓下還有健身房可以用。

朋友說，健身房不必了，倒是附近有什麼餐廳，我們聚一聚。

與此同時，我這邊目前該做的只剩下一件事：決定要不要驗屋。驗屋可做可不做，但若要做，就盡量早做，因為要是發現了問題，可以請律師在正式文件中提出，讓對方修繕。

詢問幾家驗屋公司，費用有高有低，項目內容不一。我想，自己再去房子裡面檢查一下。上次看屋的時候已經知道主臥室的燈壞了，除此之外也不知道有沒有其他問題，如果確認過後沒有什麼問題，也許請個便宜的驗屋就好，如果看到哪邊有疑慮，就得請驗屋公司鉅細靡遺地檢查了。

我打電話去，十九歲女生接的，我鬆了一口氣，說明來意，希望再開門讓我看一下，她問要不要順便丈量，我說太好了，連丈量一起，好訂家具。她說晚一點回覆我看房時間。

沒等到消息，下班之前我打電話去問，她說隔天跟我說。

隔天等了一天，下班前我又打電話去，別人接了電話，說會幫我轉達。

那天是周二，我在學校從上午九點到下午七點，工作上的事情一件接著另外一件，雨下得很大，可是我太累了，累到我不想搭計程車，不想再有任何人際互動。我打傘，在夜色中走回家，又冷又溼，但我覺得滋潤，好像發燒一整天，體溫終於下降了。

走出大學沒有多久，房仲打電話來，是一個沒有接觸過的人，好像是主管，是我目前接觸過最高的層級。

我一手打傘，一手拿電話。

她說，「妳不能約看。」

我再次說明驗屋與丈量的原因。

「妳已經看兩次了。」

「請問有規定看屋次數上限嗎？」

「妳要看可以，但是妳短期看三次很不尋常，妳驗屋可以晚一點。」

「什麼時候呢？」

「成交簽約之後。」

「如果那時候看屋驗屋，驗出來的問題就是我的問題了，我現在看，是為了有疑慮可以請律師提出，讓對方改正。」

「房子沒有問題，也有保固。不然妳可以買保險。」

「其實看屋的時候，已經確定主臥的燈有問題。況且我不想要有問題之後來用保固或保險。我想要搬進去的時候舒舒服服開開心心的，請問這樣的要求有問題嗎？」

「妳的房子起碼還要十二周才交屋，不用現在看。」

「妳同事發給我的銷售意向書上載明，交屋時間 as soon as possible，我現在進展順利，驗屋是其中一個環節，做完了就可以推展進度，大家都想交屋不是嗎？」

「妳要驗什麼？」

「我想確認一些基本的事情，開關、水龍頭這類的，也想丈量。」

「這些需要專業，妳要請專業驗屋公司，妳不是專業，妳進去之後弄壞東西，誰來賠償？專業驗屋會來跟我們拿鑰匙，他們進去驗屋的時候，妳也不能進去。」

我已經走了一大段路，進到市中心，路人側目，讓我知道自己看起來很難受。喉嚨有點痛，不曉得是講話太大聲，還是開了一天會造成的。我想降低聲量，可是對方緊追不捨，而且，雨聲好大。

「那如果我不花錢請人驗屋呢？」

「我無法允許妳自己驗屋，妳沒有專業資格就想進行專業行為。況且，沒有專業，妳如何判定是否需要修繕。」

「確認燈亮不亮、插座有沒有電、水流是否緩慢，大家都能做，妳的同事開門的時候跟我說，主臥的燈壞了，她不是電工，也可以判斷燈壞了。」

「那妳跟律師說主臥燈壞了。」

「但我想確認其他的部分。也想丈量。」

「妳不用丈量，起碼還要十二周，妳到時候訂了家具家具送到這邊，這邊根本還不是妳的房子。」

「我沒有要把東西寄到房子那邊去，還有，有些家具需要兩個月才能出貨，要訂製的甚至更久。」

「妳可以量，但是不可以檢查。」

「所以進去不能開燈？」

「妳不可理喻，我不想跟妳繞圈圈，我是來解決問題的，妳根本不聽人說話。」

「請問我哪裡不可理喻？妳的同事不回郵件、不回電話，反覆要求看文件、提供了住址又寫錯住址、威脅我不撤下物件，還把別的客戶資料洩漏給我，我都沒說妳們不可理喻，請問我哪件事情不可理喻？」

「我要聯繫我的客戶。」

「妳要聯繫妳的客戶什麼？問能不能開門嗎？」

「那是我和我客戶的事情，妳無權過問。」

快到家了，已經走進家對面的商場，電話得結束，我才能騰出手收傘。

結論就是她去問客戶，這種結論，有和沒有一樣。

講了三十二分鐘電話，就算不計較被白白罵了一頓，繼續交易，也不免擔心對方堅持不讓我進屋，會不會真是因為藏有什麼祕密。

我把雨傘收進背包，再五分鐘就到家了。只差五分鐘，但我還是在商場裡面哭了起來。

快八點了，商場打烊，幾個小時之後，是我的生日。

我不是會特地慶祝生日的人，但是今天，我發現自己也不是以平常心看待。我希望生日那天就算沒有特別好的事，也不至於要覺得有苦難言。

我不覺得做錯了任何事，對方具體也沒說出我到底哪裡違反規定。人家說英國人拐著彎罵人，這次倒是橫衝直撞。我對於缺乏邏輯的論述很沒有耐心，如果發現還有隱藏的惡意，總是令我非常氣餒。

盧郁佳在一篇書評中提到，有些人的話像是幽靈，跟著走，就會掉下懸崖。

好好回應每一個問題，只會換來更多問題，畢竟有些人大聲講話，只是希望掩飾不好明說的事情。

有些幽靈存心害人，用話語包裝詭計，有些幽靈不知道自己想要什麼，話語沒有邏輯，東拉西扯，漫無目的地吵架。

我不知道對方是哪種幽靈，但是想起這句話，便知道了人鬼殊途；知道了幽靈游移縹緲，而我是誠懇真實，毫無閃躲地與人溝通的人；知道之所以受傷，是因為敵暗我明；也知道自己在街上聲嘶力竭，在商場流下眼淚，是因為我沒有被鬼牽走。

我還是那個活生生的人，要過第四十二個生日，遠方的家人正在籌備新年，已經在 LINE 群組中討論菜單與禮品。我的日子有人間煙火，有高有低，有期盼有失落，有能握在手裡的也有無法企及的，那些我樂意的與我不樂意的，那些我忍耐或抵抗的，全都證明了我勤奮地活著，維繫節操幾乎到傻氣的地步。

於是我相信自己值得好好過生日，一如每一個生而為人的日子，起床喝一杯溫水，打開電腦，先不回郵件吧，先來看看群組裡面有沒有關於年夜飯的更新，畢竟，英國在下雨，但是在世界的另外一邊，馬上就要過年了呀。

輯四

書桌

十三道題

提早三十分鐘到教室，打算趁學生還沒來整理一些教材。結果推門進去，一個同學已經靜靜坐在位置上。他衝我笑一笑，又低頭看自己的書。

我認得他，第一次上課自我介紹，他說自己英文不太好，但是他的口說其實不差，缺的只是自信。很老實的孩子，就是上課旁邊同學找他講話，他不好意思不搭理，又怕老師不開心，會兩難的那種學生。

我覺得這是一個好機會讓他在課堂上更加自在，於是主動跟他攀談，課前和老師聊過天，上課的時候要參與就自然了。

我問，你第一次離家嗎？他說不是，上大學時已經到大城市生活過了，但是現在是第一次出國留學，念碩士班。

你老家在哪裡？

他說了之後，加了一句，老師妳聽過這地方嗎？

我聽過，但是還真的不像重慶、哈爾濱之類的地名，稍微能多評論兩句。完全就是一個內陸四五線城市，聽過是聽過，但要我多說一句都擠不出來。

我說你一趟路很遠哪。

是的老師。他用自以為不夠好的英文慢慢說。「我得搭車，然後換高鐵到北京，在北京住一晚旅館，然後搭飛機過來倫敦，最後再到學校。」

「那真不容易。你很棒，之前已經獨自生活過了，很會照顧自己。」

「是啊，我照顧自己，我出發時家人都不知道呢！」

「什麼？」

「我有跟我媽媽提過七月要過來英國，到出發那天，我媽上午出門工作，我自己收拾了行李出發，傍晚我媽等不到我回家，打電話給我，問我幾點回家吃晚飯。

我說，我到北京了，晚飯明年才能吃了。」

「也不用等一年，也許畢業典禮他們就來了？」

「也許吧，但是我媽出門搭車會暈車得很厲害，我第一次離家念書時，她送我到學校，那是一整天的路程，我看得出來她很不舒服，可是她沒有說。後來我就想，不要再麻煩她了。我只有一個行李箱一個背包，我可以自己到車站。我也不曉得她能不能來我的畢業典禮。」

我慶幸我們用英文溝通，如果用中文，我可能會被那些細緻的情分、不起波瀾的純善心思給淹沒，忍不住鼻酸。

我轉換話題，「你這麼早來教室呀？」

「是啊，想先來準備一下功課。」

我拿了講義給他，我說這是今天等等要發的，你有空就先看看。

學生陸陸續續進來了，我和他的對話就此打住。

先進行小考，不計學期成績，只為了讓大家理解自己的程度。

二十道選擇題，我認為有念書的人，能答對十道題。
公布答案之後，我問，誰答對二十道題？自然沒有人舉手。
十九道題呢？十八道題呢？
有人答對十七道題，有人答對十五道題，但是一如我預測的，大部分人都覺得很難。
十三道題呢？誰答對十三道題的？
那個明年才回家吃晚飯的學生舉手了。
我很高興，他努力準備，也得到相對好的成績，會提升自信心的。
我衝他笑了笑，表示鼓勵。
他好像看懂了我的笑，也對我笑一笑，比我剛進門時的那個笑，放鬆了許多。
今天對我來說是很好的一天，我希望對他也是。

學日文

這個禮拜開始上日文課。

是學校辦的語言課程，學生、老師、校外民眾都可以參加。日文基礎班，說是密集訓練，每周六上四小時，其實對熬過亞洲考試文化的人來說，周末補習四小時根本不能算高強度。不過，昨天才教完一堂研究所加上一堂大學部的課，今天還要早起有點辛苦，走去學校的路上在麥當勞買個小漢堡，保溫瓶裡裝點溫水，準備去當四小時學生。

授課老師是中國人，用帶著中國口音的英文教日文，目標語言與授課語言都不是她的母語。我也是，正用著我的第一外語學第二外語。

在亞洲要學習日文，資源何其多，但人總是這樣，資源稀缺才會珍惜。非得到了英國才開始找機會學日文，和老外一起，向中國人學日文，這種學習環境大概不是最渾然天成的，但是硬著頭皮上吧，懷著感謝這得來不易的機會的心情，能帶多少回家算多少。

老師顯然受過訓練，因為她清楚知道老外對日文會有的誤解。但是那些誤解對我來說都是常識，看老師講解一些我根本不覺得需要講的東西，再看看老外恍然大悟的樣子，非常有趣。

筆畫——

比方說，學日文平假名，老師最強調的是筆畫順序，因為老外沒有要從上而下、從左而右書寫的概念，老師說，注意，這字分成兩個步驟，第一筆寫一點，第二筆要一氣呵成。老外舉手問說，為什麼不能更換順序？

老師在黑板上寫下一個句子，說，你看，如果你照筆畫寫，上一個字寫完就會讓你剛好接到下一個字第一筆。

老外被說服了，點點頭。

對我來說，這簡直像發現浪費一分鐘就剛好等於是蹉跎六十秒般「神奇」。

咒語——

老外同學喜歡講、喜歡練習。所以老師一上來先不教單字、文法，連五十音也還沒教，就在黑板上寫下「Hajimemashite」，解釋說，這等於 How do you do。

大家馬上開始七嘴八舌地像念咒語一樣練習，每個人都是積極的日文麻瓜。

接著老師教我們鞠躬，男生雙手放大腿兩側，女性雙手交疊在腹部。課堂活動，找三個人，一邊鞠躬一邊念咒語。

我立刻找了我旁邊的男性說，來念咒語吧。他興致高昂，沒問我誰先開始，立刻對我鞠躬念咒語。說真的，不曉得他是有天分還是怎樣，說得還真不錯。

壽司——

老外學習語言還要學文化，要懂脈絡。今天只教了五十音裡面的十五個，老師倒是花了點時間講日本文化，講賞櫻、和服，還有摺紙。老師讓我們看餐點圖片，要我們猜這是日本的早餐、午餐還是晚餐。老師說，日本的三餐看起來都差不多，我想了一下這是什麼意思，後來懂了。在英國，一天三頓餐點，確實長得很不一樣，早餐可能泡在牛奶裡，午餐是一個裝在塑膠袋裡的冷三明治，晚餐才是盛在盤子上的溫熱食物。

那個日本餐點的圖片裡有玉子燒、炸物，還有一個小陶鍋，不曉得裝了什麼，我吞了口水，打算中午一邊想像這張圖片一邊吃我的小漢堡。

接著老師說，日本食物很好吃，如果我們認真上到最後一堂課，她會帶壽司請我們吃。我聽了之後，簡直熱淚盈眶，不知今夕是何夕。疫情前我是一年要去東京三次的人啊，我是會鑽進新橋商業大樓地下室小店鋪買隱藏版炒飯、在車站買崎陽軒燒賣、在六本木吃甜品、到品川吃拉麵、到銀座資生堂大樓吃下午茶、到澀谷吃然花抄院蜂蜜蛋糕，以及在築地吃蓋飯的人啊。而今我要在離日本一萬公里遠的地方，一路上課到聖誕節，才能換到一小條壽司，我該用什麼心情吃那條壽司呢？我該用什麼心情面對身邊聽到壽司馬上眼睛一亮的老外呢？

辛苦了——

otsukaresamadeshita，用中文四個字就翻譯完了。您辛苦了。

可是英文沒有「您辛苦了」這種表達方式。老師解釋，這個詞就是，「對方今天很努力，做了很多事，你覺得他做得很好，也很感謝他」，所以用這個詞。老外有點茫然。與 Hajimemashite 不一樣，這次大家沒有急著練習咒語。

我明白，如果參不透意義，就會變得小心謹慎，難以把話說出口。因為英文裡有些詞彙對我來說，也是這樣。

ARASHI——

老師說，學生來上課有各種目的。有些人是為了去日本交換學生做準備，有些人有商務需求，還有些人打算從十月上到復活節，去日本自助旅行看櫻花。

我有一點羨慕這些老外啊，就像知道好事即將發生在某個人身上，但是本人還不知道，便會暗暗為他雀躍的那種心情。有時候我給一個學生高分，我就會想，這學生拿到成績單的時候肯定很開心。知道有人要告白，我就會為了他的對象在心中悄悄灑花。

如果這些老外將要去日本，我忍不住想，他們肯定會覺得那裡又有趣又精緻又神祕又引人入勝到不可思議的地步。食物不可思議，不誤點的列車不可思議，禮儀周到不可思議，風景也美得不可思議。在世界上最大的都會區東京外圍，富士山腳下安靜得像童話；古蹟封存著千年的文化，旅館內水龍頭流出來的卻永遠只會是恰到好處的溫水。

英國的水龍頭只有冰水和熱水，而日本的水龍頭只有溫水。這些事情，課堂上的老外明年就會知道了。在這些老外要體會日本的美好事物之前，所有的期待與按捺，都濃縮在這堂密集班裡。上課時教的每一句咒語都開啟了更多關於這個遙遠國度的想像，直到身歷其境。

至於我，我也享受著這堂課，一邊上課一邊想，等我下次去日本就不用比手畫腳了，可以進化成用文字溝通的人。東京和倫敦相距九千五百公里，每多練習一個平假名，我就覺得自已更靠近東京一些。下次再會的時候，我就可以說，tadaima，我回來了。

下課後，我走路回家，為了保持剛剛萌生的一點點日文語感，我打開 Apple Music 的 J-Pop。今天聽的是 ARASHI 精選。在日本天團 ARASHI 已經活動休止的時候，我終於開始聽日文歌、好好學日文了，難免覺得有一些遲啊。可是ARASHI的歌從來不曾像此刻這麼鼓舞人心，大概是因為二〇二一年開始，藝人決定活動休止也好，普通人如我開始學日文也好，這些長久以來想做而沒有去做的懸念，一旦開始，我們共同分享的，就是全力衝刺、不要留下遺憾的心情了。

額外的事

很多人都聽過在英國一年即可拿到碩士，制度大概是這樣的：九月到聖誕節算是第一學期，一月到四月復活節是第二學期，五月開始寫一篇論文，九月提交完就回家，再等幾個月成績公布參加畢業典禮。

想在英國待久一點的，把畢業典禮都參加完才回家，那就會待超過一年。想快點回家的，六月把論文帶回家寫，在英國整體待的時間不到十個月。

去年九月來了一批學生，正好碰上了十月疫情高峰，這些學生在英國待了十個月，根本沒能去學校上幾次課，大部分都是線上授課。

這一批學生現在正在寫論文，每個人都會被指派一位指導教授。因為只是一份幾個月內完成的作業，原則上學生不能挑指導教授，指導教授也不能挑學生，每個老師分配到五、六個學生，和學生偶爾開會，讀論文草稿給點意見，工作就算完成了。

上禮拜我和指導學生開會，六個學生全來自中國。開會的時候，學生好像在沙漠中終於看見一個人那樣情緒高漲。關於論文，他們想問我的不多，倒是非常渴望充滿生活感的輕鬆談話。我覺得他們需要的不是指導教授，而是理解他們處境、能自在聊天的對象。

他們都很年輕，出國念書是一件大事，原先必定有很多想像與期盼。出國之後卻整天關在房裡，原本在跨國經驗中會遇到的挫折與適應困難並沒有減少，卻以不同的方式考驗他們。這種狀況，網路上沒有攻略可查，沒有學長姊可請教，聽到什麼訊息向學校確認也未必能得到肯定的答案。隻身在異國的徬徨，可想而知。

如果我們的開會內容要歸納一個主題，我想那個主題是「回家」。一方面，在英國待了快一年之後，他們確實到了原訂要回家的時間。另一方面，在宿舍關一年之後，他們想家了。

所有的學生都重覆說著，已經訂好機票了，論文寫到一半的時候就要回家了。

小P也是。

一對一開會的時候，小P一開始就說自己很緊張，他說自己英文不好，來英國本想練習口說，但是都不敢出門，而且愈來愈不敢出門，因為接近回家時間，萬一染疫，沒有PCR陰性報告上不了飛機。他很努力說英文，卻愈說愈結巴，結巴了又懊惱，好像責怪自己沒有把握這一年練習，又擔心表現不好被指導教授看扁了。

我說，慢慢講不要緊，試試看。

他說，好，好，我試試，I try，I try。

可是他還是很緊張，開會時間過了一半，論文還有很多沒被解答的疑問。

我說，你好像很不舒服對嗎？要不要說中文。

Thank you, thank you, yes, I want to speak Chinese...

他還是不敢說中文，用英文說了上面這一串話，愈說愈小聲，愈說愈心虛。

我用中文說，沒事的，有什麼問題，用中文問我看看。

他終於開始說自己的母語，用一種很珍惜的態度。

我知道那種感覺，像是吃馬鈴薯半年之後有人送上一籠燒賣，像是在課堂上聽不懂只能傻笑一學期之後打電話回家用家鄉話流利地報喜不報憂，像是在文化語言不通的地方遇見同鄉，也像是在堅持很久之後有人對自己說，不要緊的，你已經做得很好了。

那種感覺，在陌生的地方待得夠久的人，多少都會明白的。

我從未主動對學生說可以跟我說中文。一來，英文是學校的官方語言。二來，英文是大家唯一的共通語言，講其他語言會造成不必要的小圈圈。另外，這也是我與學生的分際，表示我們的關係僅是工作上的，沒有私交。

這應該是我第一次主動對學生說，說中文沒關係喔。

我的想法和剛剛到職的時候不一樣了，這個世界也不是疫情前那個世界，在這樣的時候，很多人真的努力了、嘗試了、練習了，只是仍然不足以應付他們沒有準備好面對的事情。

我和小P的會議總共只有三十分鐘，前十五分鐘講英文，後面講中文的十五分鐘，他大部分只是用中文確認前半段用英文溝通過的事情。小P的理解都是對的，但是他不用中文確認一次，好像事情就不會在心裡沉澱下來。

解決了論文方面的問題，他笑逐顏開，語速慢慢加快，最後幾分鐘他連聲道謝，說能分配給我指導真是太高興了。而我做的只是和他說了十五分鐘中文而已。他對我說，他快要回家了。

他說原本想早一點回家，但是沒有班機，現在機票訂好了，他要每天關在房裡，直到去機場，確保一路平安回家。「出來很久了，對於回國，就是，嗯，挺期待的。」

如何面對疫情是很個人的事情，而我希望透過幾句中文的交流，這小到不能再小的支持舉動，幫助他穩定心情，直到與親人團聚那一天。

我有一個關係很遠很遠的親戚，我們的關係遠到在親屬稱謂眾多的中文裡面也沒有一個詞能說明。很多很多年以前，他非自願地離開台灣，去了一些地方，最後落腳在舉目無親的巴西。

他在巴西娶妻生子，孩子的母語是巴西的葡萄牙語，孩子長大成人之後，全家有一次回台灣，那是我碰見他們的場合。唯一的一次。

因為關係太遠，我只能簡單地叫他叔叔。

「叔叔，你去巴西的時候會說當地的葡萄牙語嗎？」

「不會。」

「一個字都不會嗎？」

「不會，數字也不會。」

「那你怎麼買東西？」

「把東西放在櫃台上，給對方錢。」然後他把兩手合併，手心朝上。「就這樣等別人找錢，找多少算多少。」

我和那個叔叔見面那一天可能聊了不少，但我最記得的，是他光顧店家要手心朝上，卑微地盼望對方會公平對待自己、把本來就屬於他的零錢找還給他的姿態。

那告訴我兩件事。

第一，不會當地的語言，不代表沒有機會。

第二，我們有時候要像那店員一樣，做一些標準工作程序以外的事情，讓那些還沒有準備好的人，也能得到安慰。

即使那些「額外的事」，僅僅是親切地找零，僅僅是說兩句中文，這樣微不足道的事。

告白

日文班第三期開課第三周了。

從第二期一起升上來的只有四個人，其他八個都是新同學。新同學全部是校外人士，所以上課氣氛從原先大學社團的輕鬆交流，搖身一變成為帶有較勁意味的補習班。

除了我和老師以外，都是英國人，大家學日文的動機都不太一樣。

卡倫以前外派日本工作多年但是沒有真正學好日文，現在回英國了才開始想用功。蒂娜不過大我七歲已經當了阿嬤，她喜歡日本文化，自學多年。安妮多年前就上過這堂課，現在只是重來一次當作複習，但我看她也沒忘掉多少，老師問問題她都第一個搶答。伊恩則是目標成為社會菁英的高中生，日文是他眾多課外活動之一，其他活動包括樂器、合唱團、開飛機等等，他的目標是牛津或劍橋，大學畢業後想到日本經商。伊恩是獨生子，我問他會不會覺得有手足比較好，他說，不會，我喜歡得到全部的注意力，我那麼多活動，光是接送我就要花很多時間。言下之意是若要培養社會菁英，父母加起來只能成就一個。

動機雖然不同，大家的學習態度倒是一致，就是非常認真。每個人都自備超厚筆記本，裡面寫滿重點，早上十點鐘的課，我十點進教室，已經是最後一個。卡倫要開兩小時的車來學，麥克也要開五十分鐘，我住得近，散步去上課，卻是最晚到的。

十點上課到十二點，接著休息半小時用餐，十二點半再上到兩點半。中間那半小時的休息用餐時間，彌足珍貴。

十二點一到，老師宣布下課，大家往圖書館大樓走去。那棟大樓一樓有咖啡廳，買了餐點，就到室外區找座位。

我拿著鮪魚三明治，看到一張桌子只坐了兩個人，麥克和強納森，便過去問方不方便一起坐。

坐定之後，我打開三明治，正打算開吃，強納森說，「妳的日文很上手呢。」

我愣了一下，因為強納森是用日文說的。

麥克也用日文搭話，「真是這樣呢。」

我放下三明治，用英文說，我不知道這一桌要說日文。

他倆笑笑說，why not?

好吧，菁英班果然不一樣。之前的日文班中午休息三十分鐘大家都聚在一起抱怨日文有多難，現在連中午休息時間也要練習日文。

我只好用我的三流日文開始了會話。

「麥可桑，請問您今天怎麼來的呢？」

「開車，開車來的。」

「請問您住在哪邊呢，要開多久的車？」

「這裡附近的城鎮，五十分鐘左右。」
「請問這邊有便利的停車場嗎？」
「有的。」麥可往遠方一指。
「請問您做什麼工作？」
「我是 software engineer。」
「えー」，我和強納森不約而同地說，「あたまがいいね」說完之後，我們都笑了。我們的形容詞很貧乏，很容易就有不約而同的默契。
麥克擺擺手，露出謙虛表情，但是沒說任何話，大概是日文程度還不足以表達「不算什麼啦，工作而已」。
我轉向強納森，「您是做什麼工作的呢？」
「我在市役所上班。」
「這樣啊，我在這所大學上班。」
「您一開始為什麼會想學日文呢？」

「我常去日本旅遊，我是台灣人，台灣到日本，搭飛機只要三小時。」

「很近呢」，強納森說。

我們的溝通免不了夾雜英文，也聽出了彼此不少的錯誤，但是沒有人糾正對方，大家就是一直講、一直講。這一桌三個人，沒有什麼共通點，我們只是都想學好日文的人。

那種感覺很奇妙。我一開始以為是因為我和英國人說日文的違和感，或是因為我在離東京將近一萬公里遠的地方，一邊吃著鮪魚三明治，一邊吃力地調度腦中所有的詞彙講著日文、做著和四周環境完全不搭的事情的不協調。

後來我發現，真正讓我覺得奇妙的，是那種奮力而真切的溝通態度。大家的日文知識都很少，每一個單詞、每一個文法都像珍珠一樣寶貴，有幾個單詞、有一條文法，便能說成一個句子，說成了一個日文句子，便是能用另一套符號系統表達自己，那種感覺像是腳下踩的新大陸，往前一步，陸地便又延伸一點，不斷開展，無窮無盡，讓人想要奔跑起來，看看世界到底可以多麼寬廣。

因為我們會的不多，所以每一句話都講得很慢、很真心、很準確。

如果用熟練的語言講話，會發現大部分的話都是廢話。

英文的「you know what?」、「and I was like...」、「yeah, talk to you soon」，或是中文的「其實這種事情要怎麼說呢」、「這部分真的是」、「我都還好」這些表達，對於溝通、對於彼此了解，沒有太多助益。要讓中文英文聽起來很酷很流暢有很多方法，有很多虛字可以加，但是那些表達，除了「有喔我有在聽」之外，沒有太多意義。

用中英文交流，不必太專注，抓幾個關鍵字，大概就能應付自如。

用日文就不一樣。我只會不到一百個形容詞，當我從那裡面挑出あたまがい
い，我真的是在稱讚對方聰明。用日文，沒有隨口一說的餘裕。我用中文說人聰明，可以是社交語言，我用日文說人聰明，慎重的程度像是告白了。

是的，每一句話都像是告白。

我是台灣人、我是工程師、我開車五十分鐘、我最近才搬來這裡、我喜歡日

本、我喜歡今天的天氣、我工作很忙、妳的日文很上手、妳想考JLPT？你會幾個漢字？你的興趣是什麼呢？

那些斷斷續續的字句，全都是實實在在的心意，不知道怎麼敷衍，只好拿出全部的真誠來交換。

我們講著講著，三十分鐘過去了，可能因為沒有注意到時間，也可能因為還沒學會日文的退場語言，像是騎上了停車就會熄火的摩托車，只能催油門。

直到別桌的同學來找我們，說該回教室了。我把三明治三兩口塞進嘴裡，跟著大夥兒往教室走。剛剛三十分鐘真是驚心動魄，我從未說過這麼長時間的日文。

我對麥可、強納森說，這樣的練習真不錯。

另外沒有說的是，我覺得和你們很親近，我覺得你們是我的朋友，我覺得我們有共同的目標，我覺得我們說的每一句話都很貴重。這些話我沒說出口，因為那個可能要更高級的日文班才會教。但是麥可與強納森好像聽懂了全部，他們也笑得很開心。

我猜想，如果可以用英文，他們會對我說，很高興我們今天坐了「日文桌」，很高興今天能現學現賣、能互相稱讚日文上手、能用日文了解彼此的工作。這真是很有成就感。

但是做為最好的學生，他們盡量只說日文，於是，進教室之前，他們只能用熱情的態度、簡短的語言，對我說，那我們下周再繼續。

頂級期刊

大家都知道，學者分兩種，做研究的與不做研究的。但是，做研究的那一群人裡面還分兩種，想發頂級期刊和不想的。

每個學術領域都有自己的頂級期刊，在一個領域至高無上的頂級期刊，在另一個領域可能完全沒沒無聞。要形容一本期刊好，有很多形容詞，premier、flagship，甚至 international 也行。但是，一個領域裡面的 top-tier，永遠就是那幾本，大家心照不宣，把期刊名的簡稱當成暗號一樣地溝通，聽不懂暗號，就不是圈內人。以我的領域來說，頂級期刊大約四到六本。

有人不想發頂級期刊文章嗎？有的，因為頂級期刊的意義與一般期刊有本質上的不同，幾乎代表了不同的學術追求。除了世界上少部分極為重視研究的頂尖大學，大部分學者不發頂級期刊也能在學術圈好好地生存。不在頂級期刊上發文章，多發一點文章在不錯的期刊上，同樣是很好的能力證明。

頂級期刊與其他期刊的差別並不是漸進式的，發一般期刊文章的學者並不是「再努力一點」，下一次就可以挑戰頂級期刊。

頂級期刊與一般期刊的準備工作，天差地遠。

從研究發想開始，有經驗的人一聽即可知道能否挑戰頂級期刊，透過研究方法、理論貢獻，甚至共同作者的人脈，即能略知一二。研究做得好並不夠，頂級期刊有自己的套路。就像針對志在參加國際大賽的選手會有獨到的訓練方式一樣，頂級期刊有遊戲規則。遊戲很難，而且很貴。

比方說，我有一篇文章以頂級期刊為目標。發想至今，已經過了七年，期間投入了多筆研究經費，僅僅計算發給實驗受試者的錢便足夠買一輛進口車。而這樣的花費，比起其他有類似追求的學者，是九牛一毛。

我還聽說過，有人推測出審稿人的身分，並得知對方近日要到北京開會，便立刻請假，買了機票，飛到北京。審查是匿名的，所以也不能明著拜託，只能盡量找機會和對方多聊聊，談談研究理念，希望多少起點加分作用。

遊戲規則當然沒有白紙黑字，網站上的公開資訊講得好像人人有機會，但是具體該有什麼期待，大家都沒把握，只能口耳相傳，東拼西湊。一位發過幾篇頂級期刊文章的老師對我說，大家都說他發表過程順利，所謂順利，從投稿到刊登，期間一點差錯都沒有的話，是三年。在一篇文章上努力八年、十年之後發不出來的，大有人在。

那拚死拚活發頂級期刊有什麼用呢？在一流的研究大學，主要是為了升等。世界上最高薪、研究最頂尖的商學院，期限內產出三五篇頂級期刊的文章，才有機會申請終身職。

由於生態特殊，我聽過一個知名學者，本身也擔任某優秀期刊的主編，在演講中直接稱呼頂級期刊文化為「邪教」，呼籲大家為了整體學術發展與個人身心健康，三思而後行。也有朋友在教職面試中說自己有意挑戰頂級期刊，以示企圖心，卻被面試委員婉言相勸，說學校雖然追求學術卓越，但不鼓勵大家花費寶貴時間與頂級期刊纏鬥，同樣的時間，可以多發一些其他的期刊文章。

正因為這個競技場不是人人能進，也不是人人願意進，進去的人，就容易被貼標籤。被貼標籤的意思可以是好的也可以是壞的，但有一點確定的就是，那個人至少會有名有姓。

「你知道某某商學院那個發ＪＭ的博士班學生嗎？」

「怎麼不知道，就是那個誰誰誰，他明年要去×大當教授！」

只要發了頂級期刊文章，即使每天關在實驗室裡，名字立刻被掛在幾千公里外完全不認識的人嘴上。

我待的並不是頂尖商學院，發頂級期刊對我來說，其實沒有迫切的必要。如果聰明一點，我應該放棄那篇磨了七年的文章來換一些其他的文章。我勸過自己很多次，已經不知道是受到沉沒成本影響，還是真的那麼有企圖心，就是放不下。

放不下，是有代價的。

近日看到一所大學招聘老師，條件之一是過去兩年發過兩篇期刊文章，什麼期刊不要緊，並不是很嚴苛的條件。

但是我不符合資格。

如果放棄那篇磨了七年的文章，我有把握生出五篇一般期刊的文章，這個道理我本來就知道，但是真正看著那則招聘廣告，被提醒自己沒有走的那條路，還是能感受到選擇的重量。

也許有人會問，為什麼不把準備頂級期刊文章的精力分十分之一出來，發點普通文章，以免沒有後路呢？

這是個好問題，實際上也完全做得到，但是很少人這麼做。原因有二。第一，履歷表看起來會很奇怪。第二，心態上轉不過來。

也許在做研究的人當中，除了想發頂級期刊與不想的，還要再分一類出來，「放棄不了這個念頭的」，像是我。

我問共同作者，要不要投個還可以的期刊就算了？

她反問我，「妳要嗎？」

要放棄隨時都可以，所以就再堅持一下吧。抱著這樣的想法，便永遠不會放棄，但永遠不放棄，真的比較可取嗎？

正確的做法是果斷放棄還是絕不放棄？我不確定。但我知道只要達不成目標，放不放棄，根本無人聞問。

要走頂級期刊這條路，需要的不是「摘不到月亮至少可以摘到星星」的正向心態，而是願賭服輸。

記得曾經有一份名單，記錄了我的研究領域裡，歷史上發過最多頂級期刊的學者。發過七八篇，就擠進了表格的尾端。至於表格的最上頭，就是世界紀錄了。

世界紀錄是多少呢？我記得是35左右。

35是一個如此平易近人的數字，聽起來真的不多。因為不多，更顯得遙遠。

聽到世界首富的財產，我們很自然地覺得事不關己。數字太大，不好理解，可以雲淡風輕。

但是35，太具體了，我與世界紀錄的差距，只有35，每一個刻度都清晰可見。我連1都做不到，他卻可以做到35。七年過去了，我還在追求1，他是怎麼在退休之前完成35的？

比起那種幾億幾兆的錢財，這數字太小，反而讓人難受。

共同作者傳訊息給我。

「妳下次教書什麼時候？」

「還有兩個月。」

「那好，有個想法跟妳討論，妳看這有機會發頂級的嗎？」

我聽完簡報，平靜地說，「有。」

她問，「那一起幹活嗎？」

我不追求1了，我追求2。

笑笑

市中心我有兩家特別喜歡的餐廳，一家日本料理，一家中式麵館。因為留學生不少，其實各式料理都不難找，真想吃台式飯糰，市場邊上也有一家，如果不太計較口味的話。總之，這裡算不上美食沙漠，但是幾年下來我也不再四處嘗試，想外食的時候，就往這兩家餐廳跑。

因此，當我知道笑笑是那家日本料理店的老闆，非常驚訝。

我認識笑笑的時候，她的博士論文初稿已經完成了。在這邊讀博士，基本上會有兩個指導教授。笑笑一開始的指導教授是甲乙兩人，後來乙離職，換成甲與丙。論文寫了大半，甲與丙都走了，換成丁和戊。我就是那個戊。

所以說我是笑笑的指導教授，是有點心虛的。我和丁討論，大概知道了我們扮演橡皮圖章的角色，口試、修改、畢業這一串流程，如果有需要指導教授出面的地方，那就是我倆。

換指導教授對博士生來說是大事，對笑笑這種非自願換老師的情況尤其是。老師要走，笑笑往往是最後一個知道的，收到消息，再等學校安排新老師，一個換過一個，各個老師對論文沒意見的話，學生無所適從；老師有意見的話，大家的意見又未必一致，最後，論文很容易變成一台拼裝車，作者自然失去熱情。笑笑有個同學也是類似處境，沒能堅持下來，中途放棄了。

笑笑說，她是已經不抱什麼希望的繼續待著，反正最差就是不念了。

笑笑要口試之前幾周，我才第一次看到她的論文，第一次讀就是裝訂好的成品。

我讀了之後，覺得字裡行間滿是笑笑這些年的困境。論文看起來就是一個很認真的學生寫的，文獻爬梳鉅細靡遺，資料蒐集也選了費工夫但是腳踏實地的方式。

然而這些零零總總，沒能堆出一個理論高度。即使不知道笑笑之前的歷程，光看論文，就能推測作者沒有得到足夠的引導。

我不知道自己能使上什麼力。口試時指導教授全程不能發言，因此在不在場根本沒什麼差別。我看過論文之後，與笑笑討論了可能會被挑剔的段落，做了模擬面試，該我簽名的時候盡快處理，另外關心一下口試前的身心健康，大概就只能這樣。即使我能提供的幫助那樣微小，笑笑對我總是非常客氣，充滿感激。

笑笑的口試遇到了刁鑽的委員，提出的某些問題令人不敢恭維。我不在現場，丁轉述的時候，忿忿不平。

笑笑修改論文的時候，我覺得自己比較能幫上忙，經常找她開會。有一次問她未來打算，笑笑對我說，通常她都說走一步算一步敷衍過去，但是她知道我真心為她好，想真誠地告訴我，十字路口邊上那家日本料理店是她和先生開的，那是她的生計，也是短期內的生活狀態。

聽到那家店的名字，我驚呼出聲，我說我常常去的呀，都沒見過妳。

笑笑說，內場人手不足，自己都在裡面幫忙，外場請了工讀生。

我把兩件事情放在一起想，覺得笑笑的韌性比我想得還要大。她念博士班並不是為了可有可無的興趣，她確實有學術熱忱，做事情也按部就班。她有兩種生活、兩個身分，她都盡了全力。她的店 Google 評分很高，我自己常去，知道那些評分不假。

那天開完會之後，笑笑對我說，老師，剛好快到晚餐時間了，您來我店裡，隨便吃點吧。我怕利益衝突，趕緊推辭，我說妳趕快回店裡準備，我等一下真的有事。

「老師，那您等我十分鐘，我給您包一個便當。」

我又趕緊找理由搪塞。

笑笑看我要走，說老師，真的，只是吃個便飯，很簡單的，您本來也要吃晚餐，隨便吃點，省時間，好繼續工作。

笑笑至少跟我說了十分鐘。我只好說，下次我一定去，笑笑才放手。原來剛剛那十分鐘笑笑一直熱切地拉著我的手，但我緊張，完全沒有注意到。

幾天之後，收到笑笑的訊息，問我在不在辦公室，有問題想請教。我說我快回家了，妳若能盡快過來，我就等妳。

半小時後，笑笑出現了，進辦公室之後，把手中的袋子往我桌上一放。

「老師，剛好趕上您晚餐時間，隨便吃點吧，飲料是我自己做的，您喝了喜不喜歡，給我點意見。」

這次我沒有推辭了，師生有分際，也有人情。我打開看，一盒生魚片便當、一盒煎餃，還有一瓶自己做的氣泡檸檬汁。

光看這菜色，還以為回家了。

出門在外，沒有「午餐選什麼好」的煩惱，煩惱的只有喜歡的店家不能去了。我怕占人便宜、怕給人壓力，但是僅僅因為笑笑是我的學生，就讓我外食的樂趣減了一半，那也說不過去。

我硬著頭皮去了笑笑的店幾次，剛開始還變裝，把帽子壓低，但是笑笑即使不負責外場，身為老闆，對店內狀況瞭若指掌。外場工讀生上菜，一盤是我點的，另一盤不是，我抬起頭一臉納悶，工讀生指指廚房，店家招待的。

我是真的不好意思，但是餐點也是真的好吃，幾次下來，笑笑摸清楚了我的口味。有一回，她招待一卷壽司，全是用我喜歡的料拼成的，在異鄉吃到為自己特製的料理，奇異地覺得，出門在外的日子，辛苦也值得。

笑笑的店打烊晚，回到家還給我傳訊息，謝謝我今天光臨，也謝謝論文上的指導。她說有些老師不回郵件，拖起時間來以月為單位，只有我總是為她著想。笑笑說，老師，研究方面我幫不上您的忙，但是有任何我能做的事情，您只管吩咐我，需要人接機、諮詢移民律師、找房產仲介、上館子，各種大小事情，我能幫上忙。能在市中心精華地段開一家像樣的店鋪，第一次開店生意就紅紅火火，我從不懷疑笑笑的能力，學術知識之外，她能幫我的肯定比我能幫她的多。

笑笑在學校裡被踢皮球、被邊緣化，她自己知道。但是學校裡還是有一些事情，老師知道，不好傳達給學生。有一天為了笑笑的事情，我與同事「用電子郵件打乒乓球」，來來回回，因為對方規避責任，回答問題避重就輕。我愈寫愈氣，對方的郵件也愈來愈短，五點鐘一到，對方下班，我則是幾乎被氣哭。

那天回家路上，想吃點溫暖的食物，經過笑笑的店，卻不敢走進去。

這件事順利處理完之後，又發生了類似的事情，第二次遇到，憤怒少了，無力感比較多。我去笑笑的店，說，今天心情很差，笑笑脫了橡膠手套，拉著我的手，「老師，出來吃飯換個心情。」

其實在學校與人據理力爭，或是接受笑笑的好意，我都不覺得踏實。我有正義感，但是為別人出頭、做一些吃力不討好的事，也不能說甘心樂意。年度評鑑的時候，若有什麼表現，上面要求得用量化數據呈現，比方說協助招生五天、讓申請人數提升十個百分點。面對評鑑的空白表格，提不出量化的數據，就知道自己做事情多麼沒有謀略，為人師表，自己心裡過得去，對別人來說可能毫無意義。至於笑笑對我好，我有時候也想，會不會只是好學生下對上的禮貌。

撇開這些不談，我最起碼是一個欣賞笑笑手藝的客人。我對笑笑說過，市中心我就喜歡兩家餐廳，笑笑聽到另一家麵館的名字，說，那家餐廳一年四季都客滿，環境不能說特別好，賣的品項也不多，但是就是好吃，沒辦法。笑笑問我，那麵館老闆知道您是老師嗎？我說，當然不知道，但是老闆認得我，因為有一次他忘記我的小菜，我告知以後，他連聲抱歉，當場送我兩個小菜。老闆對我開玩笑，說每次看到我都很愧疚。

笑笑點點頭，說，那老闆是好人。

・・・

暑假來了，我大部分時間不在家，有研討會、旅遊，也回台灣一趟，回到英國時天氣已經轉涼。我用了三個月的時間，趕在十一月份提出升等申請。申請只有書面審查，把文件備齊，繳上去就可以。文件不多，長度也有限制，我的回應要精簡，又要有分量。隨便一行文字，反映的可能就是我數周的勞動成果。經年累月的研究換來的文章發表，列在履歷上顯得渺小。若拿了個什麼獎，在文件上也只寥寥數字。

令我不安的是升等沒有標準可循，不知道做了什麼、又沒做什麼，會導致不同的結果。研究成果、教學評鑑重要，但是有多重要？能不能因此少參加幾場招生活動，或是減少與企業的合作，沒人知道。沒有標準就難以制定策略，只好盡可能什麼都不放過。據說，第一次申請通常不會成功，好在會得到意見回饋，第二年便有個努力方向，能提高成功率。

為了升等，這些年來，我樂意做的、不樂意做的，都來者不拒。人家說好人未必能被提拔，但不當好人會有什麼結果，同樣沒人知道。我請了四個信得過的人審閱我的申請文件，根據他們的意見，一輪又一輪反覆修改。到後來，也不能說愈來愈有自信，卻驚訝於自己五年內完成了這麼多事，如果那些密密麻麻的表格是手寫填上的，光是墨水的重量就能想像過程的辛勞。

截止日期前兩天我提交了文件，一周後就收到了郵件。

評價非常簡短，說抱歉妳的申請不成功，因為在兩方面努力不夠。

那樣快速而輕薄的回覆，讓我覺得我的申請可能根本沒有被從頭到尾看過一遍。更糟的是，因為得到的回覆太短，連明年該怎麼做也沒有頭緒。

諷刺的是，那封拒絕信躺在信箱裡，同時還有其他兩封未讀郵件，一如往常地詢問我能不能志願支援活動。

如果是以前，我會立刻回覆自己能參加的時段。但不是今天，今天我做不到。伴隨著申請失敗的壞消息，有一個不知道算不算好的消息：在這裡，升等申請沒過也不用走人。若是把頭壓低，不去想公不公平，一直幹著初階職位，同樣可以一路到退休。

收到郵件當天，我的心情很容易想像。但是第二天才是關鍵，如果心態轉不過來，我幾乎無法踏出家門。

我照常走路去上班，但有一瞬間覺得荒謬，覺得自己趕去上班只是笑話。那一天很痛苦，一邊處理日常工作，一邊知道手邊這些事情都不重要，也知道事情完成之後，不會抵達任何地方。我甚至不好意思快步穿梭在大樓之間顯得忙碌，因為我沒有價值。那一天我很羞愧，為了曾經以為自己比別人更努力、更值得受到獎勵。

我也許做了一些事，但那些事大概沒人做也可以。我也許幫助了笑笑，但是笑笑沒有我，一定也可以。

今天是適合外食的日子，但不是適合見到笑笑的日子。

我走去麵館，那裡沒人曉得我在大學服務。

幾個月不見，麵館老闆還認得我。老樣子，一碗麵、一個小菜，不要辣。這家店從點餐到上菜很有得等，可是沒見過顧客抱怨，好東西值得等待。

上菜了，那碗麵長得和之前不一樣了。

碗裡是各種店裡賣的滷味，老闆每種都切一點，拼成什錦，大概就是所謂的tasting menu，得撥開滷味才看得到麵條。老闆又豪邁送上三盤配菜，是各式串燒。

不待我開口詢問，老闆說，「您是笑笑的老師吧，這些都是您的。」

原來笑笑和老闆提了，那個每次都一個人來吃麵的女人，是她的老師。碗裡滿滿的滷味，都是笑笑幫我說的好話。既然笑笑主動對人提起，我明白了她對我的善意並非身為學生的不得不為，在每一個使得上力的地方，她都想讓我覺得賓至如歸。

比起拒絕信上的隻字片語，那碗麵條厚重、扎實，而且不惜成本。不帶算計的付出，得到了不惜成本的回報，少了那些能被量化的，剩下的就是不言自明的實心實意。

那碗厚敦敦的麵，讓我知道有人能因為我做的事情認出我來，知道有些事情若不是由我來做，結局可能會不一樣。那天我一邊吃麵一邊對自己說，妳是特別的，和收到郵件以前一樣特別，而且做為一個老師，妳值得這一碗麵的尊重，不需要感到羞愧。

驗收

在疫情期間開始學日文，到了能再次拜訪日本的時候，就像實戰驗收。媽媽想去沒去過的城市，我們選了仙台。

仙台是我們去過規模最小的日本城市，但是很討人喜歡。天氣、物價、交通、購物、飲食各方面，都適合旅遊，尤其是我們只想要輕鬆閒晃的行程。出發前，我唯一決心要吃到的是久仰其大名的毛豆奶昔。

雖然是四月中的行程，倒不是為了賞櫻而安排的。不過出發前我覺得似乎有機會看到滿開的櫻花，行程第二日便搭電車三十分鐘，到船岡站附近碰碰運氣。可能是新手的好運道，碰上了滿開的櫻花。據說隔一天會下雨，因此，今天大概就是二〇二四年最後一個適合賞櫻的日子。

去船岡的路上，在月台等候電車時，我們排在一位女士後方，女士轉過頭來確認電車目的地，我說了我們要去的車站，對方知道方向沒錯，便安心了。

她問我，是和媽媽出來旅遊嗎？這部分的會話課文裡很多，去哪邊、跟誰、何時、做什麼，課堂上練習過。我便自信地說，是的，和媽媽一起，我們第一次來仙台。

課堂練習的下一句是，「真是太好了，仙台有什麼知名的呢？」

而在月台上，女士回答，「真是太好了，我的爸爸媽媽都不在了，看到妳這樣和媽媽旅遊，真好。」

我聽懂了，卻不知如何回應。電車來了，我拉著媽媽坐在女士旁邊。

我們一路上聊了很多，沒有間斷地半小時會話。聊得多，能聽懂的大概一半。她建議我們到船岡城址公園走走，說搭纜車要費用，但是入園免費。她也推薦仙台市區的壽司店，然後想起那是立食店，說，帶著媽媽的話，大概還是有座位的比較好。

我原本估計她的年紀和我差不多，結果她今年五十八歲。我嚇一跳，她說，帽子和口罩啦、是帽子和口罩的功勞。孩子都大了，有空就自己出來走一走，老家在北海道，只是住在東北也二三十年了。

下車之後，她往船岡城址公園的方向走去，我們要去看「一目千本櫻」，就是沿著河堤、在兩個電車站之間綿延不絕的櫻花樹，據說站在橋上，一眼望去便能看盡千株櫻花。如果順著河堤走，將近一小時的時間，兩旁都是百年櫻花樹，走著走著，會有一種如此千載難逢的美景大概永遠不會有盡頭的安心。種樹的前人，對美景有無邊的想像力，對時間則有等到來世也無妨的耐心，沿著河堤灌溉了一條長形的粉紅色森林，讓百年之後的遊人印證自己的想像。

走進這穿越時間的心意，我非常確定這就是前人當初的願景，因為這樣茂盛、這樣恰到好處、年復一年、沒有差錯，已經不可能更美了，當初的想像肯定已經全然開展，所以我確定，留給我的、與我接收到的，並無二致。

我揣想種樹的人那樣體貼，但如果他親眼看見，大概也難免得意，畢竟能讓自己冀求的景致在百年後如實呈現，就跟探索外太空一樣，得讓千頭萬緒絕妙而精準的，在自己的世界之外發生。能實現那樣的意志，帶來的，應該是謙卑又高漲的心情吧。

在「一目千本櫻」逗留兩個小時之後，我們搭計程車去船岡城址公園。

剛坐上車，司機先生便說，去船岡城址公園嗎？

對！我很有精神地答應。計程車對話我不太熟悉，「請直走」、「下一個交通號誌請左轉」這種表達，我老是結結巴巴。現在司機先生熟門熟路，免了所有麻煩，我覺得自己不必出力便保送終點，簡直有作弊的輕鬆。

「您在這裡，每天看櫻花，還覺得美嗎？」

「這是今天第三趟，昨天則是載了五趟，」他頓了頓，「但是，很美啊。」

搭纜車上山之後，有個小小的服務處賣些熱食，就在能欣賞風景的瞭望台旁邊。我們決定在這邊午餐。

我張羅午餐回到長椅的時候，媽媽旁邊坐了一位女士。她自備飯糰，見我們這張長椅還有空間，就詢問能否一起。

做為開場白，我興致高昂地說著剛剛看一目千本櫻的感動。

她很客氣，和善地說，妳們喜歡真是太好了。我是本地人，覺得櫻花每年會開理所當然，沒有什麼特別，看到遊客來才會想起，原來這是值得專程造訪的美景。

她住的地方離船岡城址公園只有三分鐘腳程，但是，這僅是她第二次上山。

我說，我明白，身邊的景點，總是最晚去探訪的。

「沒錯！沒錯！」她好像很高興我認同她的觀點。

媽媽推推我的肩膀，叫我問她「松島海岸」值不值得去。旅程中媽媽即時出各種考題，用中文窸窸窣窣，我盡可能翻譯。翻不出來的時候，我壓低聲音回覆，「那個我不會呀。」

女士說，「松島海岸啊，很有名，但是和櫻花一樣，當地人不會覺得有什麼特別。」

聽起來會以為松島海岸可去可不去。但是想到這位女士對一目千本櫻的評價也不怎麼樣，又覺得松島海岸或許是另一個讓人歎為觀止的景點。

女士問起台灣兩周前的地震，我說，很恐怖，還好家人都平安。她講起二〇一一年的三一一地震，感謝台灣當時的援助。她說，她的家人平安，但是她也失去了朋友、同事。

我問，那個時候，是不是每一個人都失去了一些人。

她說，是的，每一個人。

她接著說，一個月之後，櫻花開了，她覺得厭惡，人不在了，櫻花卻開得那麼飽滿，彷若無事一般。

我心頭一震，想翻譯給媽媽聽，又覺得在人敞開心房分享的時候不好輕舉妄動。

我說，如果是我的話，會覺得櫻花這麼美，有些人卻不能一起欣賞了。

賞櫻、野餐、遊船；歡聲笑語、風和日麗；原來這些景致，並不是每個人都能坦然領受。

三一一是十三年前的事，這會不會是她十三年來第一次能用平和的心情看待櫻花盛開？生活在這座城市，一年一度的盛典即使無處可躲，多少還可以別過頭去。但是這個瞭望台不是能讓人置身之外的地方，每一個上到山頂的人，都想取景、想體驗、想和朋友分享、想記住這個季節的全部。我揣摩她懷抱著怎麼樣的心情走進公園，直面這個春天，以及那些彷若無事、與人世困頓毫不相干的嬌態。是和解嗎？是釋放嗎？還是既然已經行到水窮之處，連憤恨也稀薄了。

我說，妳這樣的分享，我很感激。

她看著我，好像我們認識不只三十分鐘。接著說，「妳是一個感情充沛的人，妳的心意，我收到了。」

那是我第一次知道自己的日文足以表達情感。除了直白的描述、具體的事物，我還能表達心意、感情，甚至安慰人。

用日文與人溝通的時候，其實沒有什麼是非說不可的。火車班次不對、行李不能寄放、商品尺寸不齊全、找不到免稅櫃台、伴手禮沒有壓保存期限、哪個窗口才能買到優惠套票……這些我用日文應對的問題，就算沒能解決，也無大礙。但是感情不同。如果我沒能接話，她的分享便無關痛癢，甚至能被社交的微笑打發。那一刻，我慶幸自己學了日文，她轉身下山的時候，背影溫柔又堅強。

我和媽媽在瞭望台多待了一點時間，把午餐吃完。把剛剛的對話翻譯給媽媽聽之後，我們走去搭纜車，好在日落前下山。

輯五

我的榻榻米

Departure／出發

倫敦希斯洛機場，第二航廈，出境大廳。

這裡是五樓，室內室外都沒有座位區，如果不介意站著，有些角落倒很適合觀賞飛機起飛。二〇二二年夏天，距離英國幾乎全面解除所有疫情相關限制也才過了一季，機場已經繁忙得像是不曾在疫情中死過一遍。幾乎每分鐘都有飛機起飛；每個詢問櫃台前都有人一臉困惑同時吃力地說著英文；每班電梯都客滿，有人想上樓，只好先搭向下的電梯，幫自己和笨重的行李占位置。

我看了十幾架飛機起飛之後，已經不覺得新鮮，便走到人少的另外一頭，勉強在圍欄底部的造型裝潢上面坐了下來。說是坐，更像蹲著，只是多了一個支撐，省點力氣，能維持同樣的姿勢久一點。

這樣蹲坐在路邊，還要再消磨三個小時。三個小時後報到櫃台才開。在那之前，我得看顧兩包隨身行李，兩箱托運行李，說裡面的東西有多重要倒也未必，但是旅人與自己的行李都有相依為命的感情，我覺得我們是一行五人，一起等待航空公司開櫃。

比起其他人，我大概算是不太介意等待的。去機關辦事、與人相約、班機延遲，只要不會壞事，我滿能等的。倒不是因為我天生步調慢，生活自在。相反的，是因為我的生活忙碌、充實，而且不允許自己喘息，唯有等待的時候，可以劈出幾分鐘到幾小時的空檔而沒有罪惡感，畢竟等待相當有目的性。比方說，相約吃飯，朋友遲到，一見面就向我說不好意思，但我除了坐著吹冷氣看菜單，什麼也沒做。所以等待本身就是一種積累，讓別人顯得虧負。對我來說，等待的時間是難得放鬆的片刻，同時又有產值，簡直划算。

當然，我也不是故意提早這麼多到機場的。我不住倫敦，要去機場得遷就巴士的時間，班次不多，保險起見，就成了現在這個局面。巴士車程不到三小時，但是到了機場要等八小時才登機，所以如果有人問起，交通時間具體也不曉得該怎麼算。想要時髦悠閒地拉著行李，透過地鐵或是私家車的方式前往機場，代價是有機場的大城市中居高不下的房價。我嚮往住到倫敦的好處之一，就是能準確預估抵達希斯洛機場的時間——行李箱闔上，跳上地鐵，接著領登機證，與目的地只是一班飛機的距離。但是真的打開租屋網頁又覺得自己不實際，去希斯洛機場是為了一年回一趟台灣。每個月付兩倍房租，就為了一天瀟灑，算了。

倒過來說，每個月房租減半，代價就是要辛苦這一天。

下了巴士之後，先去上廁所。機場很大，但是能容納「一行五人」同時進去的女廁隔間不多。我熟門熟路地拐進特定洗手間，不曉得該驕傲自己生活知識豐富，還是該羨慕別人有信得過的人幫忙照看行李。

接下來幾小時，除了等開櫃，沒什麼要做的，也最好什麼都不要做，連水都不能喝太多，以免跑廁所。

在繁忙的機場覓得一個屬於自己的角落之後，我提醒自己該放鬆一點了。旅途很長，從英國的公寓中起床，到目的地的防疫旅館，預計大約三十六個小時。神經緊繃撐不久的。

我不介意乾等，困擾我的是，我一放鬆下來，就會想到你。

・・・

在旅途中想念你，和平時想念你有區別。旅途中的想念格外具體、真實，也格外心酸。大概因為以往我們總是一起旅行，旅行像一座雙人沙發，在其上我們有固定的位置、固定的默契，少了一個人，便坐立難安。

我們一起旅行或是遷移的次數多得難以計算，我們無數次查詢機票與旅館的價格，斤斤計較行李重量；在飛機上繫緊安全帶的燈號亮起時握住彼此的手；在一輩子只會來一次的空曠機場裡有一搭沒一搭地聊天度過動輒六七小時的轉機時間；一起對海關堆起笑臉；在自動門打開的那一刻一起呼吸新城市的第一口空氣；在深夜長途巴士上豎起耳朵聽司機含混地報站名；在終於抵達下榻旅館之後，榨出最後一絲精力沖澡，在陌生的床上沉沉睡去；隔天，在初次造訪的城市裡，一邊留心著錢財不露白，一邊找果腹的第一頓餐點。

飛得多了之後，可以用貴賓室了。長途旅行中能沖個熱水澡，換一套乾淨衣服，再喝點現榨果汁，便覺得否極泰來。自己神清氣爽，看到身邊的人也放鬆的笑著，我打從心底覺得別無所求。

飛得再更多一點之後，我覺得，我們會永遠這樣旅行下去，畢竟走過千山萬水的人，不能被雞毛蒜皮的事情分開。那些象徵承諾的物質條件，房子、車子，我們一樣也沒有，揣想未來的時候，能仰仗的只有多年結伴而行帶來的底氣，說縹緲也行，但我不知怎麼地感受到了與自身多慮個性完全不相稱的篤定，覺得生活即使不很安穩，也能看到未來。

旅途很長，跨過一個又一個時區，讓白晝與黑夜顛倒，又跨過赤道，讓季節更迭，有時候今日出發，兩天後才能入住目的地的旅館。旅途中的時間不再緊湊而珍貴，適合虛擲。飛機延遲，說兩小時、再兩小時、再加兩小時，最後，城市裡的人們上完一天班了，只夠機場裡的人從候機室走到登機門。每次飛機降落，還在跑道上滑行，如果是從台北到香港這種短途航程，總有旅客急著解開安全帶拿行李，需要空服員出面制止。可是，如果是那種長達十五個小時、從香港飛往芝加哥的航班，旅人幾度睡睡醒醒，餐點在面前一擺下便畫定了用餐時間，看起來像是早餐，卻和手錶上的時間對不起來，吃完後在侷促的空間裡盡可能舒展身體，很快又陷進椅子裡，就算飛機降落了，也沒有人急切地起身打開置物櫃，可能是累了，也可能是在過長的時間裡茫然了。航程的時長是我們衡量時間的基準，十五個小時太長，沒有人在乎能不能早兩分鐘下飛機。過海關要三個小時，也是剛好而已。在這種失去框架隨意流淌的時間裡，讓人容易忽略，其實顛沛流離的路上要和同伴走散，一個轉身的瞬間就夠了。

可是如果走散那麼容易，為什麼機場裡處處是結伴同行的人呢？家庭客的喧鬧總是最容易吸引目光；同儕出遊的小團體也有難以忽視的歡快氣息。他們總是交談，鉅細靡遺地說著不一定要說的事情，說著等一下要去的登機門，說著過了安檢要去飲水機裝水，說著到了目的地之後誰來接機，到時候見到面要怎麼打招呼。那些細節容易波及我們這種單獨旅行的人，被半強迫地拉進敘事裡後，便覺得別人的故事比自己的更重要。

可能是為了抵抗，我也編自己的故事：我假裝有你同行。我假裝你去洗手間了，假裝距離我們上一次見面只有一分鐘，而不是一年。過安檢的時候我理直氣壯地從背包取出兩台電腦，多占用了一個置物籃，因為我假裝其中一台是你的。我把手機連上機場的免費網路，假裝我得向你報平安。如果那條訊息傳得出去，我會說，你安心先睡吧，你睡醒，再賴床好幾個小時，再慢慢地出門，都還嫌太早。

人家討論克服悲傷的方式，一般都是正面對決，接著緩緩前行，時間一久，大概什麼都會輕鬆一點。我本來也是這樣以為，畢竟聽起來合情合理。結果一年過去了，不曉得是這個方法對我不管用，還是一年太短，沒能調適過來，又不願生活停擺，便擅自在心裡帶著你四處去。有時候我會想，也許你並不想被我拽著往這裡那裡去，也許你只想在原地揮手，也許你厭倦了遷移，也許你比我想的還要疲累，也許我從來沒弄清楚你想要什麼。

關於你的喜好我其實沒有十足的把握，我想你對我也是，因為顛沛流離的生活，談論個人喜好不著邊際。旅途中的選項，從免稅店到機上飲品選擇，看似琳瑯滿目，其實種類固定，都已經是權衡之後的結果，我們對於規則了然於胸，不至於天馬行空。我知道機場的書報攤買不到中文小說，而就算在頭等艙貴賓室，也不可能貿然點一杯甘蔗汁。

也許我們移動得太多，已經不確定若沒有打包清單、預付訂金、任務關卡、安檢程序、行李限制、移民文件，以及海關規定，生活想裝什麼就裝什麼、晚餐想吃什麼就吃什麼、空白機票上想寫什麼就寫什麼的時候，我們還能不能有默契地填上一樣的答案。

生活搭建在遷徙之上，移動的終點還是移動，就像我每次回台灣都已知道何時要離開。離開之後可以再回去，而再回去就會再離開。這麼說來，如果有時候連五小時的航程行李也未必跟得上，我們這樣來來去去的日子過了將近十年才走散，不曉得算是可惜，還是幸運。

・・・

我這樣蹲坐，腿有點麻了，便站起來活動筋骨。既然站起來了，就把背包裡的日文單詞表拿出來背。我是這一年才學日文的，所以還沒有機會展現我初級的學習成果給你看。這一年裡，無邊無際的迷惘與寂寞像是長途飛行的中段：時間上，雖然度過，卻尚未抵達；空間上，雖然知道自己肯定在一個離出發地與目的地都一樣遠的小點上，但是那個小點沒有名字，也不印在登機證上。沒有名字的地方，便不能讓人停留。

在令人容易得出虛無結論的這一年裡，我牢牢抓住的繩索，是每周六長達四小時的日文課。我是以破釜沉舟的決心學日文的，不為了日文能力突飛猛進，而是怕一個人生活的倔強不進則退。日文課像是把周一到周五的零散打上一個結，讓我可以把自己的生活提起來。一年三期，一期十堂課。三十個周末，我沒有錯過任何一次。僅僅是每周六準備好課本、講義與午餐去學習四小時，我就覺得自己還跟自己站在一起。

第三期開課之後，我認識了渥茲先生。渥茲先生沒有上第一期和第二期，但這一點也不妨礙他在第三期鶴立雞群的優異表現。他年輕時曾在東京教英文，後來雖然回到英國，因為定期與廣島出身的太太回去小住，所以基礎會話沒有問題，即使他不太能讀、寫日文，文法也不太靈光。這與我剛好互補。由於缺乏練習對象，我的日文聽力和會話都差強人意，讀、寫倒是跟得上進度，至於老師講解的文法，我有自信能全部掌握。我與渥茲先生上課時互相照應，下了課，他介紹我和他太太認識，三個人一起去了酒吧，讓我學了日文之後，總算第一次可以和日本人結結巴巴地交談。

這一對夫婦在我看來，都是同時具有英國與日本靈魂的人，互動起來很愉快，可以用英式自嘲拉近距離，又有日式的分際令人安心。我們什麼都能聊，聊天的方向卻很好預測，節制地交換資訊，輕鬆地開彼此玩笑，有時候把日文和英文參雜在一起自創詞彙，卻覺得能恰如其分地傳達意思，好像交換了暗號。我問他們看不看 NETFLIX 的《雙層公寓》，他們說沒有。三個人都看過的只有哆拉A夢。我們便開始討論最想要的道具是什麼。這對夫婦很快決定了要竹蜻蜓，我則毫不猶豫地說，任意門。

渥茲先生住的離我很近，幾次下課，我們結伴走回家。路上，我們不會講個沒完，沉默也不會不自在。有一次經過一家生機飲食小店，有各式精力飲品，我對渥茲先生說，這家店的 Google 評價不俗，但是因為營業時間短，我從來沒來過。渥茲先生把店家玻璃門上的菜單念出來，說，他們有排毒果汁。

我問，「你相信排毒這件事嗎？」

「我相信排毒，但我排毒的方式，是散步。」

這句話令我印象深刻，我覺得很有道理，我散步的時候總是想你，但是不那麼悲傷，好像找到一個比較健康的方式與你同行，也許這就是排毒。

我被觸動了，把自己學日文的契機、心情、覺悟，以及結束的這段關係，都對渥茲先生說。他似乎有些驚訝，但沒有試圖安慰我。這樣很好，我們只是繼續走著。

蹲坐在這裡的我會想起這些事情，大概是因為，過去幾小時我面對著出境大廳的自動門，看著旅客進進出出，領悟到那扇門，可能是在沒有任意門的世界上，最接近這個令人嚮往的發明的存在。

穿過出境大廳自動門的時候，我們不是都在心中想著某個人或是某個目的地嗎？幾個小時，或是幾天之後，我們就會到達，置身在盼望的景色之中，與想念的人擁抱。所以，若不計那幾小時幾天的耽延，其實任意門就在眼前。

想到這裡，我心情澎湃，覺得有了魔法，離你很近，只要找到往香港的航班，我們馬上就能相見。

這或許正是機場危險的地方。這裡快速、光鮮、蓬勃、人來人往、彷彿處處是機會，看著人們排隊前往聞所未聞的城市，開啟了無盡的想像。也許機場就是魔法本身，會實現所有的心願。我受到誘惑、心醉神迷，如果此刻你向我走來，拉起行李催促說，開始排隊報到了，我會毫不遲疑地跟上，彷彿理所當然。

很多年以前我看《電視冠軍》，有一集的比賽很簡單，就是看誰能撐比較久不睡覺。參賽者陸續被淘汰，剩下幾位的優異體力卻在伯仲之間，三十幾個小時過去了也分不出勝負。主辦單位於是調整規則，要大家躺在地上比賽。一躺下去，勝負很快就有了結果。人在熟悉的狀態中，難以抗拒慣性的誘惑。

機場對我來說，就是這樣令人感到熟悉因而意志薄弱的存在。如果我們在一起的時候總是旅行，旅行中彼此依靠，也許對我來說就是最安撫人心的相愛方式。甚至每一趟旅行，或許都是相愛本身。我一個人上班，一個人逛街，一個人學日文，或許可以撐過一年又一年，可是要遷移的時候，才剛剛到機場，甚至等不及航空公司開櫃，已經軟弱下來。

如果機場有魔法，我確實有一個心願。我俗氣地想，如果你在這裡就好了。如果你在這裡，我們可以一起躺下來，一起休息，躺在地上看每分鐘一架飛機起飛，一點也不著急，彷彿有天荒地老的時間，彌補那些年行色匆匆、沒能有餘裕善待彼此的遺憾。英國的夏日，白晝很長，我們不慌不忙，唯有等到我們都準備好的時候，等到電子螢幕換上我們兩個人都想去的目的地的時候，我們才從容起身，拍拍灰塵，篤定地說，一起走吧。

（原文刊載於《聯合副刊》，二〇二三年二月二十一與二十二日，經微幅修改後收錄）

電池

天花板的煙霧偵測器快沒電的時候，會發出類似小鳥叫的啾啾聲。這種生死攸關的產品，在提醒使用者換電池時卻不會太過張牙舞爪、慷慨激昂，我覺得是很好的設計，免除了不必要的心慌。

大概是因為聲音很溫和，我聽到的時候，接收到的不是要趕快換電池的訊息，而是幽幽地想起三年前也聽過這聲音。

那時候與身邊的人還有感情，但是不知道現實裡如何交往下去。那時候還有COVID-19，兩個人關在一間公寓裡，有時候沉默，有時候講些雞毛蒜皮的事。唯一不好談的，就是應該很快要分手的現實，若不是疫情限制了移動自由，也許早已分道揚鑣。

那是一段尷尬又令人手足無措的時光。羈絆還在，也沒有交惡，對方的優點我還是能一口氣講出很多，也沒想過和他以外的人一起生活。但是這些全部加起來，還是沒能指向實際的出路。大約知道下一次能移動的時候就是分開的時候，我聽過人家以結婚為前提交往，沒聽過以分手為前提談感情，具體不曉得該怎麼做，我們沒有討論，但都在摸索。

回想起來，當時我們做的，沒有章法，也缺乏邏輯，只是能做多少算多少。不愁煩的時候，能力所及之處，盡可能為對方著想。

客廳裡有一扇落地窗，長年鎖著，因為解鎖上鎖要依循特定步驟，我嫌麻煩，最後根本忘了怎麼開。他把開窗步驟寫在紙條上，讓我以後一個人也能透口氣。

他還把公寓仔仔細細地打掃了一遍，甚至把冷凍庫的隔板都拿出來洗。

去超市採買，盡可能把重物都提回來。當時能買到的食材有限，他還是盡可能煮出我喜歡的菜色。

最後，快要分開之前，我們都聽到了啾啾的鳥叫聲。

循著聲音找出快沒電的煙霧警報器，他拿椅子爬高，用刀片拆下儀器，確認了電池型號，出門去買。把房間的煙霧警報器換了電池之後，他把椅子挪到客廳，說，這個還有電，但是我先換了吧，以免妳之後很快要自己換電池。

最後還剩一顆電池，他交給我備用，也告訴我換電池的注意事項。

之後我們分開了。那些離別與悲傷已經在腦中推演過無數次，以至於當時當地，覺得不過是另一次彩排，直到幾周之後，才慢慢理解我們做出了什麼選擇。

不免俗地，恢復一個人生活之後，才知道平時對方為自己做了多少。當然會想念，想念的時候就照著他給我的指引生活。最後，我把生活打理得和他還在的時候一樣，看似一無所缺，彷彿有人依靠。我不是為了擺脫過去而自立自強，相反地，正是因為想念他，我盡可能讓事情和兩個人都在的時候一樣運轉，一切如常。

聽到啾啾聲我才明白，這種「一切如常」的日子，一下子就是三年，當初他交給我備用電池，是否揣想過這電池派上用場的時候，我們會在什麼時空渦什麼日子？那時候看不到未來，只知道終究會分開，分開之後的日子一片荒蕪，連想像也很困難。結果，我們分開了，還繼續生活，久到足以見證當初埋下的伏筆，而且還要繼續下去，終究有一天，我們分開的日子，會長過了共處的時光。

我把電池握在手心，徒手就能捕捉來自過去的真心誠意，因而覺得與他非常靠近。我取了他當年用的那把美工刀，搬來他用過的椅子，把手伸長，照他說的，把卡榫一個個撬開，自己換了電池。

小心翼翼從椅子上下來的時候，我想，這大概就是他照顧我的終點了。那些為對方著想的貴重心意，終究會逐漸稀薄到不復存在，即使我依循他的指引，假裝與他同行，終有一天，在夠久的時間之後，討論當初的影響力已經沒有意義，我的生活樣貌，只反映了我的選擇、我的意志。就像電影裡，上一個鏡頭是深刻的對話，下一個鏡頭只剩自己和空氣，談過的內容當然有意義，可是結局，總是一個人上路。

他當然有做得不好的地方，我也是，但是在事情結束之後，我想到的總是他對我多麼好。這樣的偏誤並不是自尋煩惱。有人說，親密關係能長久的祕訣就是隱惡揚善，多想對方的好，少想對方的壞。我們的關係沒能長久，但是在有限的時光中，我們為對方付出了所有，和別人一樣有資格做天荒地老的夢。與幸福的人們一樣，我們也做對了很多事，只是別人在關係中就做對了，而我們在分手後才學會。即使有時間差，我還是數算那些善意與愛護，鮮明地記著對方的好，這讓我覺得，我擁有的，不比那些能自始至終都互相依偎的人少。

保固

上班途中繞了遠路，鑽進市場旁的巷子裡。

找到店家，遞上手錶和保固卡。我說，三年前我來過，當時你們的店還在公車總站那邊，那時候的店員對我說，有這張保固卡就可以免費換電池。一邊說，我一邊望向店員胸前的名牌，不知道為什麼，知道對方的名字，總覺得事情會比較順利。

丹接過手錶與保固卡，把它們拿高對著光線，仔細地讀上面的字。

「品牌，CLUSE，玫瑰金，錶面，白色。」

唸完之後他滿意地笑一笑，好像認出了多年不見的老朋友，說，沒錯，就是它。我幫妳換個電池。

我說，「那這個保固卡只要我收好……」

丹變得熱情，沒等我說完就接著說，只要有保固卡，這支手錶永遠都可以找我們免費換電池，直到妳的手錶壞掉。

這句話讓我想到三年前的那一天。

那時候我剛來英國不久，手錶沒電了，上網查哪邊換電池，找到這家店。店家還在舊址，我專程過去拜訪。當時的店員對我說，換電池是這個價錢，但是加一點點，就可以換成終身方案。

我腦筋轉不過來，說，是換成一個永久有電的電池嗎？

店員幾乎要嘆一口氣，有點無奈但和善地說，不是，終身方案是說，我們會一直免費幫這支錶換電池。

我有點不好意思，在問了愚蠢的問題之後，想要靠假裝大方扳回一城。我說，好的，我要終身方案。

店員還是沒有表情，四周的空氣卻輕鬆起來。每次我和人家達成協議都有這種攻防結束、如釋重負的感覺。

店員開始拿出各種細小的工具，問我要在這邊等，還是逛一逛再來。

我說我就在這邊等吧。

店員說，我剛剛去抽菸回來妳就上門了。

我不知道這是什麼意思，是說他運氣好還是我運氣好呢？

也許店員沒有暗示什麼，他只是實話實說。

店裡只有我和他，店面很小，很安靜，感覺說什麼都可以，但是不會有任何驚人的發展，就像是摔不破的塑膠杯、防水的鞋，或是不倒翁，為所欲為也會被接住，有點惆悵，也有點安心。

我多付那一點點錢只是覺得應該這麼做，並沒有期待這張保固卡日後會派上用場。當時我初來乍到，對未來的判斷繫乎簽證效期。我的簽證三年有效，任何超過三年的規畫都不著邊際。下次手錶沒電的時候我會在哪裡？這支手錶會不會跟著我到下次沒電的時候，我也沒有把握。

所以上個禮拜發現手錶沒電，我居然有點驚訝，沒料到自己可以見證揣想過的場景。

我翻出文件夾，找到了那張保固卡，這才認真地讀了當初店員留下的筆跡，還有日期。

一下子三年過去了，當然會有「時間過得飛快啊」的感嘆，但是時間過得快一點，才能看到承諾開花結果。

我當時覺得，所謂終身方案，就是我可以請這家店幫這支錶免費換電池到我死的那一天。但是聽到丹說，「這支手錶永遠都可以找我們免費換電池，直到妳的手錶壞掉。」我才發現自己錯了。那張保固卡的期限，是手錶死掉的那一天。也就是說，如果我走了，這支錶留給別人，憑著那張保固卡，任何人都可以拿去換電池，讓手錶永遠運轉下去。

很多人討論，人死後能留下什麼、跟世界還有什麼聯繫。像我們這種沒有孩子、也沒有重要到要被評論功過的人，對這種話題沒有參與感。但是現在因為那張保固卡，我發現這支錶有機會生生不息、活得比我更久，這種讓自己退居次位的感覺，表示事情不用我涉入其中也能恆常運轉，那樣的規則、那樣的韻律、那樣超乎個人意志的大秩序，不會被一個人攪亂，非常厚實，讓人可以倚靠。

丹對我說，在我來到店裡之前，他忙了一陣子。

我問，你喜歡忙一點還是閒一點？哪一個時間過得比較快？

丹說，忙就服務客人，閒的時候就用手機看影片。

他好像回答了我的問題，又好像沒有。但我漸漸開始習慣這種不夠精準的對話，像是不被評分的考卷、沒有里程標示的道路，沒有刻度與標準，可以馬虎。

丹說換電池要二十分鐘，結果一如預料，三分鐘就好了。他把手錶恢復原狀，又仔細地拿高對著光線，喃喃唸著，現在是幾點呢？

丹撥著錶上唯一一個旋鈕，調校時間。

我說，這是我最喜歡的部分。

丹問我，為什麼？

我知道為什麼，因為那是完成的儀式，是把該做的事情都做完了才有的餘裕。像是辛苦了一天之後在睡前看的兩頁小說、像是在蛋糕頂端不偏不倚擺放上去的草莓、也像是往吹整完成的頭髮上面抹點香香的乳液。不一定要做的收尾，做了就顯得有始有終、周到而莊重。

但是我不想解釋，我對丹說，沒什麼，就只是喜歡而已。

丹把調校好的手錶與保固卡還給我，祝我有美好的一天。

我特意走過那條會經過市政廳的路，只是想看看廣場那個噴泉。

戴著那支錶，想到有些服務是因為預設了物件會被珍惜很久，覺得很踏實。

我喜歡在這個世界的角落，彷彿有一個屬於我的祕密，關於一個女人每隔三年就會帶著同一支手錶，拜訪市場邊上的鋪位。

普通的事情，規律地做，總是很美。

這支手錶是我以前收到的禮物。這個世界上無時無刻都有心碎分手的故事，我的並不獨特，和這支手錶一樣，哪裡都有。可是當一支大量生產的錶，有了專屬的保固卡，上面白紙黑字寫下要永遠常保如新的約定，它就是獨一無二的。而我，也是這樣。被愛過、被珍視過，就知道自己即使普通，也不能選擇隨便過日子。

人走茶涼，曾經的堅持好像轉身就會消失，但是其實承諾可以體現在很小的事情、很小的意念上。能記掛那些情分、那些約定、日復一日、沒有更迭，也是一種不離不棄。於是，有些兩個人的約定，即使獨自努力，也得以延續下去。

幸運

今年年中我恢復了單身，所以現在一個人住，卻持有兩支鑰匙、兩張門禁卡。一份放在每天用的背包裡，另一份和其他重要文件一起藏在家裡。

我是個多慮的人，什麼東西都要備份才安心。文件印兩份、開會的時候電腦帶兩台、棉被蓋兩條、旅行時把現金分成兩份存放；往來商家的名片，我一次拿兩張。

現在門禁卡和鑰匙這麼重要的東西，我也有備份了。

這個備份還真不是隨便一家鎖店能輕易提供的。一開始我也以為很簡單。搬進這個公寓之後，第一個聖誕節前，為了即將到來的相聚時光，我跑去相熟的鎖店說要多打一支鑰匙。鎖店老闆看了一眼鑰匙，從櫃台下方拿出一本像畢業紀念冊那麼厚重的本子。本子裡面每一頁都展示十幾把鑰匙原型，不是圖片，是真的鑰匙貼在頁面上。老闆翻過一頁又一頁，比對我的鑰匙，告訴我，這支鑰匙太特別了，沒法複製。

我只好聯繫房東，在房租契約上多加了一個名字，才多拿了一把鑰匙、一張門禁卡。

我年紀不小了，單身的生活與兩個人的生活，我都過了不算短的時間，兩種生活都適應得還可以。要說特別覺得自己「又是一個人了」的時候，可能是旅行中無人幫忙照看行李，只好拖著家當去尋覓夠大間的廁所的路上吧。還有，網購生鮮蔬果不容易湊到金額門檻，每次下單都得絞盡腦汁想「還有什麼能買的」，我現在洗衣粉、衛生紙、茶包、保鮮袋都有備份，完全不受最近物資短缺的影響。

談感情看似是兩個人的事，考驗的卻是一個人的自我是否飽滿。若是內在不夠飽滿，在談戀愛這種可比「平地起高樓」的集體創造裡，原本能齊心造出摩天大樓的遠大夢想，便成了互挖牆角兼偷料回家鞏固自己棲身之處的零散現場。人們通常不容易想像還未成形的摩天大樓，對老家裡一點漏水倒是特別容易上心，畢竟這是我們習慣的老問題、習慣的眼界、習慣的自己。

感情最後那幾個月，講話的主詞不是我就是你，若想用「我們」造句就覺得彆扭，覺得虧待了「我」，也虧待了「你」。大家都是好人，懂得對「我」好，也懂得對「你」好，只是不知道怎麼對「我們」好。「我們」是個麻煩的存在，兩個人把自己分別顧好，也成就不了一個好的「我們」。

那兩個人是不是分別不要過得太好，這個「我們」就容易好呢？我不知道。

後來，既然大家對於自己的老問題忍不住上心，不如光明正大地瓜分工地裡還有價值的資源，各自回家修漏水。工地繁忙了七八年，工程車輛進進出出，本來以為生活要煥然一新了，一下子歸於平靜當然有些悵然，但是最起碼，沙塵和噪音也都平息了。生活清靜，再沒有造不出句子的困擾。至於那些旅途中的行李問題，或是網購門檻問題，我以前應付過，所以不要緊。問題大小無所謂，新舊才是重點。

寧願抱著大的老問題，也不願意換個新的小問題，這就是我內在不夠飽滿的證明。

年中還發生了另外一件事情，就是我寫的東西開始給不認識我的人看了。

我把自己長久以來寫的散文稿件集結成一本書的分量，參加了出版贊助計畫。評選過程包括一個線上分享會，期間我第一手地聽到評審評價我的書、我的文字。這些評審都是有頭有臉的專業人士，我那些長期不見天日的文字，被這些名人讀過，對我而言，便不是以點點滴滴、一傳十十傳百的方式滲透進大眾，而是一股腦兒地攤在陽光下，還是陽光直射、光線最充足、最能被鉅細靡遺檢視的地方。

原本我是喜歡自己寫的東西的。但是被評審點評之後，即使得到的是非常正面的評價，有一段時間，我什麼都寫不出來了。這也不難理解，上選秀節目和自己淋浴時引吭高歌是兩回事，都唱得好，但是放得開的程度不同。有評選，就有高下；有標準，也就有了與標準的距離。有了打量的眼光，就有了要精益求精、再接再厲這種向上修正的追求。

以前寫作像是在鏡子上塗鴉，自己對自己說話，自己和自己相視微笑，下筆毫無顧慮。作品被評價過後，再寫出來的東西就像被展示在鬧區大街高聳的白牆上。我不知道自己大方展示的心情會不會有人承接，想像那些展示的文字從高處掉下，群眾卻紛紛走避，便覺得沒有什麼是非寫下來不可的。

這兩件事情，一件關於單身，一件關於寫作，看似不相關，其實有共通的意義。一個人生活，還有無法興之所至只為自己寫作，其共同的感覺，是一點點的寂寞。

沒有不好的意思，就和空腹一樣，只是一種狀態，甚至於沒有這種狀態就不會了解飽足是什麼感覺。通常，空腹與寂寞都被認為是一種在所難免但是遲早要終結的狀態，但是我這個年紀，空腹不再是應該極力避免的事情，生活上空腹的時間多，寂寞的日子長，據說沒有壞處。

上禮拜家裡飛進來一隻蒼蠅，手邊沒有蒼蠅拍，說真的，要找工具不難，但我不想殺死牠。我每日簡單飲食，煮完飯就清理廚房，垃圾定期包好拿到樓下，生活空間應該無法供給除了我以外的生命，但是那隻蒼蠅還是偶爾出現。我開始好奇牠怎麼活的，又能活多久。我注意到牠飛得愈來愈低，也愈來愈遲鈍，我想之後我能用衛生紙抓牠，把牠放到窗外去。

昨天我打開窗戶通風一陣子，接著發現，那隻蒼蠅可能飛出去了，沒再出現過。能注意到家裡少了一隻蒼蠅，這就是寂寞的體現。

也就差不多那時候，我完成了一篇正正經經寫的稿子，哪兒也不敢張貼，深怕消息走漏，直接郵寄出去，報名了林榮三文學獎。

不知道哪裡來的自信，總覺得會得獎。首獎二獎三獎不敢想，佳作就好。

有一天，我突然想，萬一主辦單位打電話給得獎者怎麼辦，我當初報名留的台灣手機在英國不通呀。我趕緊寫信給主辦單位，說如果需要聯繫我，懇請用E-mail。主辦單位的回覆很客氣，說知道了，要找我會寄信。

後來看到公告，說今年度林榮三文學獎評審工作已經完成，已經通知了所有得獎者。

我的信箱裡有很多電子郵件，沒有台灣寄來的。

那一刻，我覺得自己又是那個在鏡子上塗鴉的人了。離評判標準夠遠，便有了敝帚自珍的空間。

Fran Libowitz 說自己坐在計程車後座時總是想關掉電子螢幕，但是沒有一次成功。她說：

> 我知道自己在人生的某些方面非常幸運，但是在其他方面，則是非常不幸運。到我這個年紀，這種運氣就不會改變了，我不可能有一天突然發現，「原來我有操作房地產的好運！」或是「原來可以把計程車後座的螢幕拿下來！」。我知道這兩件事看起來沒什麼關聯，一件事情很小，另一件很大，但是共通點是，他們都是我做不到的事情。＊

我想我也過了那個運氣能被改變的年紀了。關於找另一半，我的運氣就是這樣，關於寫作，我的文字沒能符合文學獎的品味。這兩件事情我沒有那麼幸運，但是我有很多其他做得好、也總是交上好運的事。

目前的狀態是，一個人生活，而且因為文學獎失利反而又能繼續自在地寫作。我又回到老樣子了：一點點寂寞，但寂寞的時候可以寫東西給自己看，有時候還有其他人願意欣賞。能自得其樂，偶爾還能與人心意相通，這就是我比別人幸運的地方。

---

* I have been very lucky in my life, I know, in certain ways. Um, and in certain ways, very unlucky. And, at my age, that kind of luck doesn't change. It's not like I'll wake up and find out, "You have incredible real estate luck." Or, "You can get that thing off in the back of a cab." I know these things aren't connected. One seems very small, one seems big, but they're both things that I am unable to do. ("Pretend It's a City," Episode 3)

網路交友

恢復單身一年半之後，在幾個朋友不約而同推薦下，開始用網路交友軟體。

原本有點排斥，覺得網路交友有著老套的核心，以及日新月異的陷阱。朋友們大力保證，傳授要領，婉言勸說，我就下載了APP。

要開始很簡單，一個假名，兩張照片就行了。一張照片展示面部，另一張照片展示興趣。

但是要認真交友的話，套句我朋友的話，「那是一份全職工作。」

過濾檔案、讀訊息、回訊息已經很花時間，如果有機會見面，周末的時間大概也搭進去了。

我是做好心理準備才開始的，結果和我想得有點不一樣。

完全沒人約我出去。

我配對到許多可能的對象，從律師、老師、園丁、警察到餐廳主廚都有。「你好，我來自台灣，住在英國三年」這句話一天大概要打十次。熱絡是挺熱絡的，但就是沒有人約我出去。即使我試探詢問，對方通常說，如果以後有機會見面就太好了。

後來大概理解，網路交友和健身房會籍與補習班學費一樣，大家希望交了錢、建立了帳號，就能從天上掉下成果。我相信大家都是想找伴的，但也都不想投入太多，我不知道老外講不講求緣分，可是緣分應該不必太費力才對。

沒能跟人約出去，倒是有三個人願意和我講電話。

第一個是裝潢工人小格。小格在幼童時期搭過一次飛機，是一生中唯一一次，他的活動範圍只有英國，而且恐怕也不是全英國。他住的地方離我開車只要十五分鐘，即使這樣，也沒提過要見面。

小格喜歡在睡前講長長的電話，很放鬆，沒什麼壓力，他健談，但不會搶話，我說想睡了的時候，他乾脆地說晚安。

小格能和緩堅定的表達意見，因此即使與我的想法不同，也不會覺得被冒犯。比方說，關於疫苗，他屬於陰謀論那派；他接案，有些收入，但是不設立網站，以免被課稅。

像我們這種離鄉背井久了的人，通常被建議「找個外國人」。和小格接觸之後我才明白，在家鄉，人家覺得你走得遠、國際化、適合外國人；等到了國外，發現當地人也可能是鮮少離開家的人，與國際化沾不上邊。對這些外國人來說，我們也很遠。

第二個是律師大衛。

小格出國經驗很少，大衛則是從沒在一個國家逗留太久。從劍橋大學畢業之後，他從倫敦開始，在世界各地工作，通常單身赴任，要待上幾年的工作就帶上妻小，全家因此一起在杜拜生活了幾年。現在回到英國，離了婚，有空就和孩子約吃飯。三個孩子都還願意跟老爸吃飯，「因為這些傢伙知道老爸會付錢」。一個孩子在名校讀法律，以後是老爸同行。

與大衛聊天，四平八穩。討論事情的時候像參加研討會，幽默的時候，笑點也都落在令人安心的範圍。

大衛與我視訊了兩次之後，傳訊息說覺得我還不錯，但是我們之間沒有親密關係該有的化學反應。我說我完全理解。聯絡方式還在，也不用刪除，因為大家都知道不會再有交集。不用決絕地告別也知道不會再聯繫是一種默契。那種時候，我反而覺得和對方親近，能真誠地祝他好運。

最後是馬克。

馬克說有意見面，但是因為上當過幾次，希望我們先視訊聊聊。所謂上當，他說，就是和照片差太多。

視訊的時候，馬克拿著一杯咖啡，與我有問有答、一來一往，但是有一點漫不經心。我覺得他的態度是為了調整權力關係的刻意表現，要遮掩積極的意圖。他說他跟我的工作類似，但是其實我們只是勉強都算廣義的教育工作者。馬克服務的對象是職業學校的老師，至於工作內容是推廣教材、媒合實習工作還是證照輔導，我也不太清楚。

馬克問我是否喜歡旅遊。當談話內容侷限在能被問卷歸納的主題時——興趣、國籍、家庭背景、教育程度、工作內容——大概就注定要無疾而終。

也許是我的問題，旅遊對我來說不是什麼好的談話主題。大家基本上會說自己喜歡旅遊（除了小格吧），然後交換一下去過的國家，沒有重疊的就互相說希望以後能造訪；若有重疊的，也不怎麼樣。再問一下比較喜歡的地點，而喜歡一個地點的原因也不會太令人意外——好風景、好食物、好天氣、好悠閒、好安全、好人、好多博物館，差不多就是這樣。

在我說自己喜歡旅遊之後，馬克問我，喜歡哪一類的旅遊。

我沒反應過來，不懂什麼叫做「哪一類」旅遊。

他說，妳喜歡看自然風景、歷史建築、文化活動、美食購物，還是其他的？

這是個好問題，但我以為旅遊就是什麼都沾一點。

我心虛地說，大概是歷史建築吧。

他在鏡頭前坐直了身子，說，那妳去過蘇格蘭嗎？

沒有。

那妳去看過某某城堡嗎？

沒有。

他說，我推薦妳幾個景點，我覺得真的很棒。

他流暢地說著這些景點與特色，我微笑聽著，卻不覺得引人入勝。

他介紹完之後，我問，這些地點你全都去過嗎？

對的，他說，非常簡短地回答。

後來我們又東拉西扯，終於講到了以前的親密關係。

我說，我前一段關係持續了快十年，基本上我的三十幾歲都和同一個人在一起。

他說，我前一段關係也有六七年，分開快兩年了，但是還沒能找到下一個適合的人。

那時，我覺得我和馬克的溝通終於有了交集。

我問，那你還會難過嗎？

他說，不太會，而我沒有太難過，正是我覺得那段關係很好的原因。一段好的關係結束的時候，會讓你往前看；而一段壞的關係結束了，會讓你停在過去的遺憾。我和她分開之後，我覺得我還能前進，我還能相信人，我也還想要快樂，所以我才開始網路交友。

那你會有緬懷過去的時候嗎？

有的，有時候我會想起跟她聊天，就僅僅是聊天。還有，我想我們有過這世界上最好的幾次旅行。

馬克的前女友像是電影中從未現身但推動情節的重要角色，因為她，把馬克跟我聊的零星片段串連出邏輯。我理解了馬克的生活與決定，我知道他為什麼去過那麼多地方、為什麼喜歡旅遊，又為什麼把旅遊慎重分類。

結伴走過的地方太多，便難以一個人上路；但更難的，是與其他人同行。

馬克還在找旅伴，但我知道，我不會是那個合適的人。

視訊之後幾天，馬克傳訊息給我，說他說覺得我們聊得還不錯，如果我也覺得不錯，可以約喝咖啡。

我說，我也覺得不錯，我很謝謝你跟我聊天。

馬克顯然讀懂了我的語帶保留，沒有再傳訊息來。

我希望馬克知道我是真心感謝他，那不是場面話。我曾經以為網路交友多是認為幸福可以以緣分之名不勞而獲的人，但是，因為馬克，我發現那些帶著希望註冊APP又騰出時間視訊的人，可能都是打起精神、希望這一次能做得更好的人。軟體上發布的個人照片，可能就是以前的愛人幫忙拍的；自我介紹的片段，很可能來自親密關係中獲得的評價。每個下一次都帶有上一次的影子，那個影子或許陰暗，但不至於吞沒人，甚至鼓舞人帶著遺憾繼續追尋。網路交友是很多想望、很多渴求的濃縮，剛好是虛無與絕望的反面。也許像馬克說的一樣，我們都經歷過所謂的「好關係」——即使痛苦也不毀滅人、即使悲傷也不後悔、能讓人帶著希望繼續前進的關係，以至於即便網路環境殘酷，大家還是鍥而不捨。

在訊息中彼此試探、在陌生人面前堆起微笑、同時字斟句酌、衡量著自我揭露程度，能這樣費盡心思地努力，大概因為，我們都是被好好愛過的人。

吉姆

吉姆住的旅館離我只有五分鐘腳程，我們配對到之後，沒幾天就見面了。約在一個廣場碰頭，我提議的。人多、安全，卻忘了這樣不好認人。到了那邊倒是很快看到吉姆等在廣場邊上，從他站的位置，知道是很有 sense 的人，就像有人在路邊攔車，計算過哪邊適合停靠。

我和吉姆第一次見面，也是至今唯一的一次，是一個平常日，好不容易找到一間八點才打烊的店，一人一杯飲料，合起來才五鎊多。他付了錢，我道了謝。店家打烊之後，他問要不要在附近走走，我自告奮勇帶路。大部分的故事，就是從喝飲料的一小時和散步的一小時聽來的。

吉姆是那種很知道自己在說什麼、也考慮聽眾的人。他講的故事不長不短、不慍不火、沒有什麼邏輯不通的懸念、也不會滔滔不絕。有些細節我不了解，還沒開口問他就加以說明，像老師一樣，知道學生哪邊可能不明白。

吉姆是蘇格蘭人，到英格蘭的諾丁罕上大學。我問，是諾丁罕大學嗎？他說不是，「我沒那麼優秀，是另一家。」我便聽懂了。吉姆不但知道我哪邊可能不明白，他也知道我哪邊特別明白，我在大學任職，對於學校排名很熟悉。

畢業之後，他在一所中學教了一陣子生物學，跟很多人一樣，進了職場才知道自己入錯行。取出全部積蓄跑到加拿大學開飛機。原來機師這個行業和其他行業差不多，讓人起步的基層工作不好找，大部分工作都要有經驗的人。我問，那你怎麼累積經驗的？

「總有辦法的，就像在大學服務，妳拿到博士後肯定在某些地方累積點什麼經驗，然後才能找到第一份學以致用的工作。」

他說的完全沒錯。

他第一份學以致用的工作在美國一家主要航空公司的子公司，飛國內線，基地在美國中部。後來去了香港大型航空公司，幾年前轉任私人飛機駕駛。

吉姆說，老闆常去的地方大多是亞洲的主要城市，有時候也去歐洲。我大概知道他老闆是做生意的，便問，你老闆不會是我聽過的人吧？他說，妳肯定沒聽過。

我又問，那工時長嗎？

他說，很難說，反正就聽老闆命令，老闆要飛，我和FO還有FA就待命。不過大部分時間都在等待。

我說我看過一部電影，說打仗的時候，軍人很大一部分的時間在等待，也許重要的工作都包括很多等待時間。

他說，大概吧，但我們就是乾等，老闆付錢讓我們住飯店，也不曉得要等多久，老闆不是小氣的人，薪水不錯，但是大多數時候都是等。

我能想像如果覺得受制於人又虛度光陰，薪水高也不會太令人振奮。

我說，一些人形容飛上藍天是一生難忘的經驗。他說，想像妳開車十小時，耳邊持續有一個嘈雜的工地。

不過，和吉姆聊天還是挺有意思的，因為我去過的地方他都去過。美國、香港、台灣、日本、英國，什麼都可以聊。

我說我下個月回台灣，可能還會去北海道，第一次去北海道，想去旭山動物園。

他馬上拿出手機給我看不曉得什麼時候在旭山動物園拍的照片，沒有什麼美感，好像打卡一樣，每種動物都照一張。

我滑過一張又一張照片，在其中一張停下來，兩個孩子的背影。

「我的小孩，帶他們去動物園走走。」

我問孩子的年紀，他說，就青少年。

也不像是刻意掩飾什麼，但是孩子和孩子的媽媽好像離他很遠，地理上、情感上都是。

吉姆說，妳下個月回台灣的話，也許我們可以在台北相見，老闆下個月好像要去台北。如果在台北相見，我們去吃火鍋吧。

我說台北熱得要命。他熟門熟路地說，火鍋店冷氣都很強，還有台啤哩！台北的火鍋真的很好。

我回了台灣，去了日本，又回台灣，再回英國，前後一個月，把想做的事都做了。吉姆則是沒等到老闆命令，沒能來台灣，換到了一家在倫敦的旅館。

等我回到英國，吉姆卻忙碌起來，飛香港、飛美國，然後到了台灣的松山機場。

我開他玩笑，說你根本在躲我吧？

吉姆突然沒了幽默感，忿忿地說，我不是跟妳說過了嗎？這哪是我能決定的？

我們時不時傳訊息，有時候隔幾天，有時候隔兩周，從夏天到冬天。

我說你到亞洲的時候還是盛夏，現在天氣轉冷，當地買點禦寒衣物吧？

他說，拜託，對蘇格蘭人來說，這種天氣我終於可以穿短袖而不覺得太熱。

有時候他說，嘿，我這邊凌晨三點，實在睡不著，妳在幹嘛？

他傳了幾張台北街頭的照片給我，美麗華商場外面，有雨、沒有行人、也看不出來幾點。我說你怎麼能拍到罕無人煙的台北？他說，大概是我的長相嚇到人了。

在香港的時候，他偶爾騎單車，單車不是租的，是高級車款，平時寄放在朋友家。我問，有什麼其他消遣？你去蘭桂坊嗎？他說，去的，只是上次去已經是十幾年前。

在台北的時候，他常常看書，失眠的時候，就把一本看到一半但不怎麼好看的書看完。我說用交友軟體找人聊天吧，他說，算了吧，我們這種外表，我和願意跟我聊天的人聊天，這樣就好了。

我問，下一站去哪？

他說，妳沒看到我的 LINE 首頁呀？我有更新狀態，我要去紐西蘭然後香港。

原來他把自己要去的地方寫在 LINE 的狀態欄，只有方向，沒有具體時間，也不曉得是通知誰。

有一天我查看他的狀態欄，發現他換了圖片。下面是雲彩，上面是天空，交會處往前延伸，彷彿直指世界的盡頭，美得令人心醉神迷。

我說，這張照片真好。

他說，今天早上降落香港的時候拍的。

過了幾分鐘，又補上一句，這是工作裡最美好的部分。

他寄給我的照片，很多時候都和機師這份工作連不起來。有些照片是美國的平價旅館，偌大的房間兩張床，裝潢簡樸、光線慘淡。有時候是自助洗衣店，滾著衣服和肥皂水的洗衣機。有時候是他蘇格蘭老家的客廳，父母身體不算太好，但是坐在沙發上對鏡頭笑著。有時候是火鍋店，他和FA、FO一桌，都是男的。有時候說代表公司去領個什麼獎，穿上西裝拍了板板正正的照片。有時候他是航空公司乘客，把老闆的飛機開去美國保養，搭別人開的飛機回來。

這些和機師看似關係不大的細節，就是這個機師生活的大部分。生活有個重心，代表重心以外還有很多蒼白、無力，甚至意義不明的日子。即使是奮力追求目標的人，大概也做很多看似與目標無關的事，能挺過那些事，才是接近目標的開始。甚至，那些令人困惑、不安，並且焦慮地擔心自己偏離軌道的時光，才讓重心成為重心。吉姆捎來的那些斷斷續續、缺乏美感的照片，下雨的台北、陳舊的老家、不知名火鍋店的菜盤、翻開的書與皺了一角的床單，與降落香港之前驚鴻一瞥的燦爛雲彩，或許是一體兩面。

吉姆說過，他打包行李不超過半小時，而行李夠他在不同溫度的各個城市生活大半年。有些人喜歡一個地方的原因是有明確的季節分隔，能欣賞四季的美景。但我沒想過像吉姆這樣的人，輾轉生活於各地，反而只能體會到一種溫度，對蘇格蘭人來說，永遠太暖和。

聖誕節前的英格蘭氣溫接近零度，路上處處是聖誕燈飾，還有採買禮物的人潮。我走在商場裡，歡樂的佳節氣息撲面而來，湧起熟悉的感覺，年復一年，都是旁觀者看著主角開心慶祝的寬慰。我想起吉姆，估計身在台北的他能同理我的置身事外。也許，我幫他過英國的聖誕節，他幫我在台北倒數新年，孤獨的人彼此寄託，便不覺得重心以外的日子沒有色彩。

人們在大白天喝酒的時候說，世界的另一頭已經是晚上了；在尋常的日子吃蛋糕，便說今天肯定是個誰的生日。有時候想得遠一點，遠到不切實際，遠到沒有能被追蹤的痕跡，生活中拖沓冗長、停滯不前的時光，反而能奇異地應和千里之外的秩序。自己腳下不以為然的日子，可能恰巧活出了來自遠方的浪漫想像。幫想念台北的人淋雨、幫空虛的人飽餐一頓、幫沒能回家的人過節、幫忙碌的人好好休息，每一分鐘都為了不曾相識的人實現願望，便覺得從未虛度時光。

（原文刊載於《聯合文學》雜誌二〇二四年三月號，經微幅修改後收錄）

樹

網路交友用了一陣子，我學到一個新的單字「amicable」，意思是溫和，因為幾乎所有人都說與前任分手的過程溫和、互相尊重，還能維持友誼。與其說自己多委屈、伴侶多欺負人，說過程溫和確實比較安撫人心、顯得可靠，更避免了初次談話就得圍繞著不光彩的舊事。

但拉洛不是這樣。

第一次面對面聊天，他便坦誠地說著前妻的事情，與前妻怎麼不愉快、怎麼爭撫養權、怎麼被對方抹黑、怎麼被敲竹槓、怎麼花錢消災，鉅細靡遺地報告。即使有一半的監護權，他仍舊持續付贍養費，每個月開銷不小。

聽起來不是什麼令人愉快的談話，不過也沒有想像中掃興。拉洛沒有八卦的態度，也沒有咬牙切齒，相反地，他用挖苦自己的幽默口吻說著，再熟練一些，幾乎就是脫口秀了。

拉洛的右手臂有個刺青，一團費解的圖案。他說本來是第一任太太的名字，後來離婚了，就選個更大的圖案蓋上去，結果沒人看得懂是什麼，大概也算達成目的。至於左手臂，同樣是一筆糊塗帳：第二次結婚、第二個刺青、第二次離婚，左手臂最終也蓋上了凌亂的圖案。他對我說，如果我們約會結果好的話，絕對不會把我的名字刺在身上，因為以他的經驗，分手率百分之百。

在網站上配對到的時候，我人在日本，他與我交換訊息，但心裡始終懷疑我詐騙。他問我，喜歡英國什麼？我說，你可能以為我開玩笑，但我喜歡英國的天氣。他心想，如果是詐騙應該會回答主流答案，以免露出馬腳，於是放心了一點。接著問，妳在英國住在哪邊？

我說，萊斯特郡。

「我完全放心了，畢竟誰會騙說自己住在萊斯特郡？」拉洛說完，我們一起笑了出來。

此後我們出去過幾次，看到最多的是拉洛笑起來的樣子。拉洛掉髮並不特別嚴重，幾年前卻決定剃光頭，從此沒換過造型。光頭、笑得多、身材瘦小、膚色又深，「孩子說，我像是薑餅人。」

拉洛知道我喜歡寵物，傳了照片給我，是家裡養的兩隻布偶貓。很老套地，第一次去他家，就是因為他邀請我去「看貓」。他還傳了一份菜單給我，是打算當天煮給我吃的午餐，菜單內容包括「瑪莎百貨薯泥」、「瑪莎百貨青豆」、「瑪莎百貨牛肉派」，還有「班傑利冰淇淋」收尾。說穿了，全部都是只要加熱就可以上桌的菜色。他說，是冷凍食品，但這可是瑪莎百貨的冷凍食品。他說以前去朋友家被招待鋪滿黃豆的吐司，言下之意，他對我是熱情款待。

那是愉快的一餐，從冷凍食品聊起，氣氛輕鬆，飯後他拿出所有逗貓的玩具，我一邊跟貓玩，一邊注意到室內整潔，也沒有異味，他把貓和環境都照顧得很好。

另外一次去他家，他邀請我上樓，打開每一個房間讓我看。從其中一個房間的衣櫃取出一個厚重資料夾，裡面全是離婚相關資料，從律師收費的單據，到家訪時孩子填答的內容，他一頁頁翻過，上面有地址、有時間，跟他之前說的相符。

我說，這是個人隱私，你不用給我看的。

他說，我知道，我只是想表示，我沒有祕密，畢竟交朋友，能彼此信賴才能談後續。

在他連手機密碼也告訴我之後，有一天，他要從保險箱取一點東西，當著我的面輸入密碼，要我記牢。保險箱內沒有貴重物品，只有一些零散的紙片，一個小袋子裡倒出了他的結婚戒指，這戒指他戴了十年，拿下來之後，手上卻一點痕跡也沒有。

他的薪水還行，但是生活開銷大，每個月可支配的所得與我相去不遠，不過每次邀請我過去，他總是確保冰箱裡有幾樣我喜歡吃的東西，有新鮮水果、有全麥麵包，也有好喝的番茄湯。

有時候我們去附近的公園看鹿，沒有奈良那麼有意思，但是公園不遠，停車費也低廉，他幫我揹水壺和雨傘，我們健行一段。

拉洛和第二任妻子有兩個孩子，離婚之後平均分配育兒時間，因此我只在拉洛不必帶孩子的日子造訪，離開時連一根髮夾也帶走，以免給人侵門踏戶之感。

拉洛與前妻住的地方相隔只有十分鐘車程，方便孩子在同一個社區穩定生活，前妻買了一間房子，是連排屋中間的一戶，左右都有鄰居，比不上拉洛的獨棟房屋。但是前妻對孩子們說，這種連排屋比獨棟房屋好多了，要是有什麼意外，大聲呼救鄰居就能聽到。拉洛離婚之後，用政府獎勵電動車的補助方案買了一輛特斯拉，前妻聽孩子們說爸爸換了一台酷炫的車，說，「特斯拉是我見過最醜的車。」

我想說這很阿Q精神，但不曉得怎麼翻譯成英文。

拉洛指著矮櫃上一幀相片，相片裡是很好的天氣，斜斜的丘陵上立著一棵形狀飽滿的樹，那樹工整得像是業餘的畫，不太真實，附近也沒有其他樹木，堅定而單調，令人印象深刻。

「如果從伯明翰開車來我家，快要下交流道之前，會看到這棵樹，我前妻曾經說，每次看到這棵樹，就知道快到家了。」有一年情人節，他徒步兩小時，找到一個地點，拍下這棵樹的照片，裱框，送給太太當禮物。

我知道感情甜蜜與嚴酷的時候天差地遠，但每次聽到這麼浪漫的故事還是會想，要從那樣的心意裡抽身，究竟要經過多少磨難。

「孩子說，現在媽媽帶他們去伯明翰，回程看到這棵樹，不說快到家了，改口說，看！我們離伯明翰很遠了！」

即使有這樣的創意，「離婚的時候，她還是把那幀相片帶走了。」

因為住得不遠，我們外出時幾次見到前妻的車子。回到家，想找個地方工作，往往得先收拾孩子的玩具才能騰出空間。冰箱裡色彩繽紛的優格，孩子喜歡的，我不會拿，以免他還要補貨。有時候孩子打電話來，說要視訊看貓，我東躲西藏，避開鏡頭。

拉洛「單身」的那一半時間裡，對我確實很好，但是家與旅館的分別，就是這地方是否屬於自己、是否不必顧慮他人、是否沒有退房時間。那裡是拉洛的家，是我的旅館；拉洛有家人，而我偶爾有個伴。拉洛每天要餵貓，不方便外宿，我便定期拉著行李箱過去。我們雖然配對成功，但起點不同，拉洛不在身邊的時候，我上班下班、煮飯散步，沒有一點與人交往的痕跡。

這種一半有一半沒有的日子很考驗心態，要這樣過下去也不是不行，但是和我當初想的不一樣。別人交往、結婚，生活似乎免不了改頭換面，所謂「步入下一個階段」。但是對我來說，談感情始終都是似有若無、原地踏步。我不記得曾經與任何一個人，有過能按部就班達成的明朗未來。

朋友說，她和老公整天一起，要是像我一樣能有一半是自己的時間，不曉得多好。

大概吧，但我不能選哪一半。就算能選，有時候，我想要全部。

有一天與拉洛出門，回程看到了那棵樹。拉洛說，有機會我帶妳走過去，靠近那棵樹，我們一起拍張照片，以後這就是我們的樹了。

接收曾經被寄託感情的樹、睡別人的床單、逗別人的貓，有時候我很珍惜，有時候我很迷惘。即使進入中年，遇到了新的人，還是以為能協力開創新局，最後或好或壞，既然是兩個人胼手胝足的結果，便能甘願。如果感情由別人開了頭，要我把故事繼續下去，好像用別人準備的材料演講，非常彆扭。孩子拋擲公共空間的造景碎石，還要拉洛把這些石頭帶回家，我隱忍不發，理性上知道事不關己，但如果真是這樣，我身在這個團體中，究竟該如何自處。

一個朋友在倫敦金融區的銀行工作，銀行旁邊就是家事法庭大樓。他辦離婚那陣子心情很差，工作有空檔就下樓抽菸，不好離工作的大樓太近，就到家事法庭這邊來。從家事法庭走出來的人們，看到他站在一旁抽菸，總是積極地對他這陌生人分享自己的故事，高漲、充沛、剛剛爆發完的情緒。他聽過各種光怪陸離的內容，聽的時候他總是想，「為什麼這些人都沒想到我也要常跑家事法庭？我也正在辦理離婚啊。從那裡出來的人們，好像都覺得自己的痛苦最特別。」

人是獨特的，痛苦和際遇卻未必。即使主角不同，關於感情的故事很少別出心裁。我的感情裡有很多二手經驗，很多前人的痕跡，我知道，自己沒有能力開天闢地。少數人能從一而終、常保如新；其他人如我，則是走走停停，上一段未必接著下一段。新的一段，是重複的付出，重複的祝福。因為是重複的，所以有時候的確覺得，算了吧。複製再複製，堆疊再堆疊，那棵樹是他前妻的，是我的，大概也是無數利用這條公路的人的，那些寄託、懷念、嚮往，與悲傷，都很類似，但僅僅因為和別人一樣就覺得不屬於自己，可能也是一種傲慢。如果沒有拉洛，我甚至不會有機會體驗那些批量生產的微妙情緒、那些容易預期的平庸故事。感情如此私密，攤開來說卻往往千篇一律，很容易找到聽眾，也能引起共鳴，但是談到最後，總是不會有結論，唯一能囑託的又是老生常談，比方說，且行且珍惜，或是，記得愛自己。

沒有爽快俐落的最佳解，我的感情就順著這種不乾不脆、不上不下的心情進行下去。沒有算計，卻容易落入實用的考量，就像衣服沒乾透也姑且披上，因為要出門；不能簡單達成共識的事情就不提了，因為明天要上班。投身其中並不因為有天真的想像，拒絕也談不上抵抗，我學會了這一點，別人肯定也早就學會了，也許在孩子扔擲石頭的時候，旁人早已理解我無能為力，一眼看穿了我的手足無措。

我對拉洛說，「好的，等天氣好一點，我們去拍照吧。」拍一張照片，證明我沒有那麼瀟灑，心懷芥蒂，仍舊貪戀屬於自己的一半。從此以後，沒有什麼是十全十美的。帶上了有著漂亮輪廓、從沒讓任何人失望的自己；也帶上笨拙困窘、除了我之外沒有人願意同行的自己。永遠無法輕裝上路、總有甩不掉的包袱，以這樣的覺悟，前往未知的目的地，我不確定這是不是成熟，但我確實覺得，自己更加強大了。

代後記

英國和美國都算是教育大國，但是兩地的系統其實很不一樣。像我這種在美國念博士，到英國教書的人，並不常見。

在英國與人交流，對方親切詢問我念博士的學校，回答之後，往往得到疑惑的神情。對方可能從未聽過伊利諾大學，就算聽過，很可能只是因為地名。即使真的知道這所大學，對於排名的了解也有限。我在英國將近五年，只有一次對人提起伊利諾大學後，對方接著說，香檳分校嗎？原來這位畢業自劍橋的博士去美國當過交換學者。

學生的畢業典禮上，我穿的袍子和別人長得不一樣。開會的時候，大家說起各校的舊事，我就放空。直到現在，我的共同作者還是以前香港的舊識。

這次來美國開會，名牌上寫著英國萊斯特大學，大家同樣沒概念。有些人說聽過，是客氣話。只有一位因為是足球迷，對英國各個城市比較了解。我解釋萊斯特距離倫敦搭火車大約一小時，有些人不好意思地問，那請問是往東西南北哪個方向？

大家更想知道但沒能問出口的是，英國學者為什麼來開美國的廣告學年會？我找到機會，便說，我是美國的PhD，伊利諾大學畢業的。

對方說，伊利諾？老闆是誰？

我的老闆是廣告學界有名的人物，我自信地說，我是×教授的學生。

「哎呀，這麼好！」對方笑開了，往前一步，靠我很近，問我研究的方向。

或是，「伊利諾？來來來，午餐和我們一起吃，這一桌，等等還有校友要來，妳先吃，妳認識某某，某某，還有某某嗎？」

大家好像看到離家很久的孩子，跋山涉水從倫敦辛苦地回來參加年會，非常疼惜。

教過我的幾位老師則是驚訝我已經畢業八年了。「唉唷，我以為才兩三年，都是疫情把時間偷走啦。妳一點都沒變呀。」比起當年念書的時候，這些老師的職稱都上調至少一階，但是他們一樣隨和。講起舊事，我補充細節，大家和我握手，問說明年開會在匹茲堡，能不能再來？

在會議上報告也沒有壓力，畢竟與會者追本溯源可能都是學術上的親戚，雞蛋裡挑骨頭就太不夠意思了。

自由交流的時候，我跟在老闆旁邊，她走到哪裡都有人來致意。老闆往身後一指，這我學生，現在在英國教書。我這個在派對完全吃不開的人便左右逢源，拿一杯氣泡水，和人煞有介事地聊天。

出外靠老闆，心裡非常踏實，從以前到現在，這一點沒有變過。

對學者來說，念博士的學校就像老家一樣，在同一個國家念博士，大家便是同鄉，就算第一次見面，也能馬上熱絡起來。這樣說來，我在英國少了同胞，有距離感也是人之常情。

在英國雖然沒什麼關係可攀，卻還是得到贊助，讓我能回美國開會。看不懂我的背景，還是表達支持，這是信任。這次能來開會，是因為英國的新同事信任我，而美國的老朋友歡迎我。因此，即使隔了八年，這一趟非常值得，它讓我覺得自己輾轉各地的際遇，得到的比丟失的更多。為此，我滿心感激。

STORY 107

我的公寓

作　者—陳偉棻
責任編輯—陳詠瑜
行銷企畫—林欣梅
校　對—林欣瑋
封面設計—FE工作室
內頁設計—張靜怡

總編輯—胡金倫
董事長—趙政岷
出版者—時報文化出版企業股份有限公司
一〇八〇一九臺北市和平西路三段二四〇號三樓
發行專線—（〇二）二三〇六—六八四二
讀者服務專線—〇八〇〇—二三一—七〇五
（〇二）二三〇四—七一〇三
讀者服務傳真—（〇二）二三〇四—六八五八
郵撥—一九三四四七二四時報文化出版公司
信箱—一〇八九九臺北華江橋郵局第九九號信箱
時報悅讀網—http://www.readingtimes.com.tw
電子郵件信箱—newstudy@readingtimes.com.tw
時報出版愛讀者粉絲團—https://www.facebook.com/readingtimes.2
法律顧問—理律法律事務所　陳長文律師、李念祖律師
印　刷—家佑印刷有限公司
初版一刷—二〇二四年九月六日
定　價—新臺幣三八〇元
（缺頁或破損的書，請寄回更換）

時報文化出版公司成立於一九七五年，
一九九九年股票上櫃公開發行，二〇〇八年脫離中時集團非屬旺中，
以「尊重智慧與創意的文化事業」為信念。

我的公寓／陳偉棻著 . -- 初版 . -- 臺北市：
時報文化出版企業股份有限公司, 2024.09
272 面；14.8×21 公分 . --（Story；107）
ISBN 978-626-396-630-7（平裝）

863.55　113011360

ISBN 978-626-396-630-7
Printed in Taiwan